———————— 阅读之前 没有真相

午夜文库

东京二十三区女子

[日]长江俊和 著
赵维真 译

新 星 出 版 社　NEW STAR PRESS

目 录

3	板桥区之女
51	涩谷区之女
109	港区之女
151	江东区之女
211	品川区之女

东京二十三区

东京都现由二十三区、二十六个市、五个町和八个村组成。二十三区指的是由二十三个特别区构成的区域。

东京二十三区的设立可以追溯到明治元年[①]。随着德川幕府倒台，江户城被新政府军控制，江户城改名为东京府。新政府为了确定东京府的范围，参考了撰写于江户时代后期的"朱引"。所谓"朱引"，是一种由寺社奉行[②]在地图上用红线标注其管辖范围的一种做法。幕府根据"朱引"来划定江户市城区和其他地区的分界线。明治政府在此基础上，制作了新的"朱引"，以此确定了东京府的范围。当时东京府的范围大致相当于现在JR山手线以内的区域，再加上江东区和墨田区。

之后东京府的面积不断扩张，明治十一年，东京府设立了十五区行政规划，分为麹町区、神田区、日本桥区、京桥区、芝区、麻布区、赤坂区、四谷区、牛込区、小石川区、本乡区、下谷区、浅草区、本所区、深川区。

明治二十二年，东京十五区改制为东京市。

[①]日本明治时期为一八六八年九月八日至一九一二年七月三十日，明治元年即一八六八年。下文中的明治十一年即一八七八年。本书中其他明治年号时间可以此类推。
[②]奉行是日本平安时代至江户时代期间的一种官职。江户幕府成立后，奉行成为构成官僚体系的主力职位。上至幕府，下至各地方的大小藩主，都依各种政务需要设置许多奉行职位。寺社奉行是江户幕府常设的一种奉行职位，管理全国寺社及其领地，全面统制宗教以及主管关东八州以外的旗本领地的诉讼。

昭和七年①，东京市将周边的郡、町、村纳入编制，新设立了品川区、目黑区、荏原区、大森区、蒲田区、世田谷区、涩谷区、淀桥区、中野区、杉并区、丰岛区、泷野川区、荒川区、王子区、板桥区、足立区、向岛区、城东区、葛饰区、江户川区二十个区。这些区与以往的十五区一起构成了东京市的三十五区，其范围大致相当于现在的东京二十三区。

昭和十八年，第二次世界大战进一步激化，同时东京市与东京府合并为东京都。据称，合并表面上是为了加强首都的行政职能，实则是因为当时东京市反对政府和军部继续推进战争，从而被剥夺了自治权。从此，东京市随着合并而不复存在，东京都则走上了历史舞台。

昭和二十二年三月，在战后重建过程中，三十五区被整合为二十二区。整合的理由是，战争导致了各区人口数量差异加剧，给复兴重建工作带来了阻碍。此时，通过整合又诞生了以下各区：

千代田区（麹町区和神田区）、中央区（日本桥区和京桥区）、港区（芝区和麻布区、赤坂区）、新宿区（四谷区和牛込区、淀桥区）、文京区（小石川区和本乡区）、台东区（浅草区和下谷区）、墨田区（本所区和向岛区）、江东区（深川区和城东区）、品川区（品川区和荏原区）、大田区（大森区和蒲田区）、北区（王子区和泷野川区）。

目黑区、世田谷区、涩谷区、中野区、杉并区、丰岛区、荒川区、板桥区、足立区、葛饰区、江户川区依然保留。

同年八月，板桥区又单独分离出练马区，形成了现在的东京二十三区。

---

①日本昭和时期为一九二六年十二月二十五日至一九八九年一月七日，昭和七年即一九三二年。本书中其他昭和年号时间可以此类推。

板桥区之女 ————

板桥区

板桥区位于东京都西北部,隔着荒川与埼玉县相望。

其北部有着号称亚洲第一大规模居民区的高岛平区,该处以此为中心形成了巨大的住宅区域。板桥区人口为五十六万人,居二十三区的第七位,堪称东京的"睡城"。

江户时代,因为中山道的驿站"板桥站"设置于此,板桥区也作为江户的门户得以繁荣发展。

魔鬼

一双并不干净的纤瘦裸足在水沟盖板上跑过。

薰拼命地向前跑着。

薰今年只有五岁,她在黑暗中缩成一团,水沟中飘来阵阵浓烈的恶臭。路边是成排的简陋住房和小客栈,有些房子已经严重倾斜,仿佛马上要塌掉一般。

夜幕下的这番景象她早已司空见惯,而且现在她已经顾不上对黑暗的恐惧了。

她必须快点跑。

如果跑慢了,她就会被杀掉。

那是刚刚发生的事情。

薰看到了魔鬼。

他们是魔鬼。

夜里,她起来去小便,在四叠半①的长屋中,他们兄弟姐妹五人挤在一床散发着酸臭味、布满污渍的薄棉被里。要想方便,必须去公共厕所。此时正值初冬,外面阴暗寒冷。虽然薰很不情

---

① 叠是计算榻榻米的量词,这里指面积。一叠相当于一点六二平方米。

愿出去，但如果尿床的话，就会被父母用竹棍狠狠打一顿屁股。那可是会疼得掉眼泪的。

还是赶快去吧。她下了床，推开本就关不严的木板门，憋着尿走出屋子。

月亮出来了，外面并没有想象中那么暗，但夜风却寒冷刺骨。一出来，她马上觉得尿意更强了，不由得用手捂住了小腹。这样下去恐怕坚持不到有厕所的那条巷子。她当即跨到门口边的水沟上，掀起破烂的衣服下摆。一股温暖的液体冲进散发着恶臭的水沟里。薰长出了一口气，终于放松下来。

就在这时，薰听到了一阵奇怪的声音从长屋后面断断续续地传来。那是一种她从未听过的，如同鸟兽叫声般非常尖锐的声音。真是奇怪，如果这是某种动物的叫声，为什么会这么陌生？但她又觉得似乎在哪里听到过。

这到底是什么声音呢？听了一阵后，怪叫声消失了，四周又陷入了深夜的寂静。薰整理好衣服下摆，小心翼翼地往声音传来的方向走去。

她踮着脚尖走到了长屋后面。在长屋那排破旧的房子后有一片狭小的空地，怪叫声就是从那里传出来的。在月色下，薰躲到了晾衣竿支架的柱子后，往声音传来的方向望去。

空地的角落里有两个人。薰仔细一看，原来是她的父母。父亲正在拼命挖土。薰正想叫他们，突然停住了。如果被父母发现她大半夜跑了出来，肯定会挨一顿打。而且她发现两个人的举止有些不同寻常。

父亲那汗毛很重的双手正握着一柄铁铲，奋力地刨着地。母亲在旁边看着他，双手抱着一团用漂白棉布裹着的什么东西。

半夜三更，他们在这里做什么？薰缩在柱子的阴影里，偷偷地看着他们。

过了一阵,父亲停了下来,喘着粗气。地上已经挖出了一个足有半张榻榻米大小的坑。他用绑在头上的毛巾擦了擦汗,对母亲使了个眼色。母亲微微一点头,取下了包在那团东西上的棉布,蹲到挖好的坑前。棉布包着的竟是一个婴儿。婴儿没有穿衣服,正闭着眼睛酣睡。

那是福男,是薰的弟弟,马上就满一岁了。虽说是弟弟,但他是父亲大约一个月前才领养的孩子。

薰本来在兄弟姐妹五人中年纪最小,福男是她的第一个弟弟。薰很喜欢福男,他现在刚能摇摇晃晃地走路,薰经常帮忙照顾他。怪不得刚才起床的时候没有看到福男,他一般都睡在薰的身边。刚才薰还以为他被睡相难看的哥哥姐姐压在了身下。

靠在晾衣竿旁,薰开始思考,为什么父母会把福男带到屋子外面?而且是在这深更半夜的时候……就在此时,薰看到了可怕的一幕。

母亲把福男埋到了土坑里。

薰擦了擦眼睛。难道自己是在做梦吗?她掐了一下脸颊……不是梦。这是现实。

土坑中的福男像玩偶一样纹丝不动。坑里面一定很凉,但他似乎并没有睁开眼。若是平时,他早就小脸憋得通红,哇哇大哭了。

随后,父亲开始用铁铲往坑里的福男身上埋土。母亲也用手捧着地上的土,不断地往坑里填。他们俩专心致志地往福男身上撒土,手上和脸上沾了泥也浑然不觉。薰害怕至极,用力抓着晾衣架,一动也不敢动。

就在这时,她又听到了刚才的怪叫声……

那种如同鸟兽鸣叫般的声音。

声音是从土坑的方向传来的,就是埋着福男的那个土坑。

原来是这样。怪叫声原来是福男发出的。那是正在被父母活埋的弟弟的惨叫……现在他正在土坑里拼命叫着。那声音分明在喊:我想活着,我想活着……

福男应该还没有死。不管他哭闹得多么厉害,只要换成薰抱着他,他就会立马破涕为笑。薰不管是被父亲和哥哥打骂,还是吃不上晚饭饿得要命,只要看到福男的小脸,心情就能平静下来。她想,我亲爱的弟弟,你来到人世间还没有多久啊……

福男的身体已经被完全埋在了土中,但他仍然在发出痛苦的叫喊。父母并没有停下来。他们似乎听不到弟弟的叫声,只是不停地往坑里撒土。

现在或许还来得及,必须赶快去救弟弟……

如果去求父母,他们应该能理解。福男还活着,请把他从土里救出来吧。求求你们了。求求你们了。只要拼命恳求,即使是父亲和母亲也应该……她也许又会被打一顿。但是,福男正被埋在土里拼命叫喊。他正在求救,他需要帮助。

薰鼓起勇气,正想走过去,就在这时——她看到了地狱般的一幕。

父母站到埋好土的坑上,开始用力跺脚。他们拼命跺着,试图把掩埋了福男的土层踩实。可怜的福男,明明还在哭喊求救……父母用尽了全身的力气,试图不让福男再回到这个世界。这时父母的面孔已经扭曲得不像人脸了。

他们是魔鬼。

那不是她的父母,那是两只披着人皮的魔鬼。

薰已经恐惧至极,不敢再往前迈一步。两只魔鬼好像被什么附身了一般,不停地踩着土。已经听不到福男的声音了。

她没能救下福男……

想到这里，薰一下子浑身瘫软，顿时崩溃了。两只魔鬼听到声响转过身来，露出了狰狞的面容。

"薰，你在干什么？"

披着父亲外皮的魔鬼问道。

"你看见了吗？"

他一步步向薰逼近，另一只魔鬼也往这边走了过来。

她也会被魔鬼杀掉。

就像福男那样……

薰立即转身就跑。

魔鬼要追上来了。

薰逃跑了，她拼命地跑着。她逃离长屋，沿着弯弯曲曲的小路一直跑。周围虽然是一片黑暗，但她平时经常在这一带玩耍，所以轻车熟路地穿过了小巷，跑到了大路上。

这条路修得笔直，位于村子的中心。路上一个人都没有，薰也是第一次半夜来到这里。在古代，这里是领主和大名的仪仗队游行时走的路，曾经热闹非凡。

但是现在这里已经没了半点热闹的迹象，路边只有破旧的民居和那些屋檐低矮、门窗纸被熏得黢黑的小旅店。此外，就只有那条气味令人作呕的臭水沟了。薰想着，一定要赶快逃出村子，如果继续待在这个恐怖的地方，自己也会被杀掉。

薰跑着冲下缓坡，直到精疲力竭才停下来。她两手撑着膝盖，大口喘气调整呼吸，回头看去，并没有人追上来。

这里恰好是神树的正前方。这棵树占据了道路的一部分空间，旁边还有一座小祠堂。关于这棵树，从古代起就一直有各类奇异的传言。据说，只要对着树许愿，人们就能与讨厌的人或想要分开的人断绝缘分。

薰决定立刻许愿。她祈求神树能保佑自己免受杀死弟弟的魔鬼父母的伤害，她祈求神树能保佑自己，永远与这个可怕的村子断绝关系……

就在她双手合十准备许愿时，远处传来了喊叫声。两只魔鬼追上来了，他们露出了极其恐怖的嘴脸。

必须赶快逃——

薰的双腿反射性地迈开步子，从神树前跑了过去。她一边跑，一边不时瞥一眼神树。您听到我的愿望了吗？

薰的身影消失在黑暗中。

板桥

刺眼的阳光照进了车厢里。

这是都营地铁三田线。

一直在地下飞驰的电车开上了地面,行驶在高架桥上。地上的风景映入眼帘,原田璃璃子握着吊环,看着窗外的景色。这里是板桥区的北部,是都心郊外一片寻常的住宅区。过了前面的荒川,对岸就是埼玉县了。电车在地上行驶了一段,停靠在高岛平站。

璃璃子走下月台的楼梯,从一楼的自动闸机出了站。早高峰已经过去,车站里并不拥挤。车内的冷气很足,然而走出车厢后马上就变得异常闷热。璃璃子穿着深蓝色半袖衬衫和裤子,肩上挎着一只黑色托特包,束起的黑色长发随着她的脚步不断摆动。对于二十几岁的女孩子而言,这身打扮显得很朴素。

出了车站,她往中央广场的方向走去。晴空万里,盛夏的阳光炽热非常。穿过中央广场,走上南侧的天桥,眼前就是一片鳞次栉比的居民楼。这片居民区面积巨大,其间还能看到公园、医院、大型超市和购物中心。

璃璃子往居民区方向走去。

这里的设施虽然很多,却没什么活力。路上的行人大多是老人。之前就听说这里的居民老龄化很严重,看来确实不假。偶尔能见到一些年轻的主妇，但她们看上去也没什么精神。而且这里的人打扮得都不是很时髦。如果有人说这里"基本就是埼玉"，璃璃子肯定会点头同意，虽然她自己也并非什么时尚达人。

她在天桥上停下脚步，从包里拿出相机，拍了几张居民区的风景照。她身后跟上来一位高个子男性，开口说道："这里是高岛平区，居民总共超过一万户，是以人多而出名的特大居民区。"

他皱着眉头，露出一副严肃的表情。他是璃璃子的学长。

"因为日本住宅不足的社会问题越发严重，在昭和四十七年，开始有人入住这个社区。这里离东京都中心比较近，于是市民们蜂拥而至。"

学长的名字叫岛野仁，曾是某所私立大学的民俗学讲师。现在因为一些原因，已经不在大学工作。岛野的身材瘦高，至于外貌，或许有人会认为他是个帅哥。然而遗憾的是，璃璃子从未听说他受女孩子欢迎，上学期间也没见女生表示过对他的关心。

"这里原本是一片叫作德丸原的水稻种植区，水稻产量曾经是东京二十三区里最高的。后来建成了这片大型社区，配备了中小学教育机构、政府和警局等公共机关，据说，社区人口最多时曾经达到三万人。"

"学长果然知道得很多，这比我自己在网上查还要快。太好了。"

"你这是把别人当成谷歌或者雅虎来用啊。"

"不不，比谷歌和雅虎好用多了。"

学长的表情似乎不太愉快，但璃璃子还是察觉到，他紧绷的嘴角稍稍舒缓了一些，说明他其实很开心。想要驾驭学长，对璃璃子来说并不困难。

"好吧。可是你连基本的信息都不查清楚就要写板桥区的报道,这不合适吧?"

"我不是说了吗,现在还不到正式写文章的时候。接下来我得先写策划方案。"

璃璃子说着,往社区的方向走去。

她是杂志的自由撰稿人,正在策划做一个东京二十三区的系列报道,然后卖给杂志社。她计划的第一站就是板桥区。

不过,这只是表面上的理由,她来这里其实另有目的……

两人走下天桥,进到街区内部。车站正面是一条带拱顶的商店街。现在还是上午,很难看到居民的身影。两人穿过正准备开门营业的大型超市,来到了商店街里。这里全是各种各样的餐馆、书店、理发店,散发着浓浓的昭和气息。璃璃子出生在平成年间,对昭和时期的事情并不是很了解。

这样的商店街在街区里不止一处。这里与其说是一个街区,倒不如说更像是一座小城市。穿过商店街的拱顶,视野豁然开朗,广场中心的地面用混凝土浇筑而成,矗立着几栋巨大的居民楼。广场上绿植环绕,居民们得以在这里小憩片刻。这里简直就是座经济高速发展的遗迹。璃璃子朝着居民楼走去。

"那么,"身后传来学长的声音,"你为什么来这个区?"

在璃璃子面前,学长总是喜欢摆架子。他穿着一件熨烫平整的无领竖纹衬衫,搭配一条带裤线的西装裤——他平时就穿得很正经。学长的头发蓬松而富有光泽,皮肤也很白净,其实他外表看上去还不错,真是可惜了。

"我就是为了写板桥区的报道呀。"

"跑到这里来能写什么报道?"

"嗯……我正在想呢。"

"如果你不告诉我一个合适的理由,我真是不太想帮你。我可没那么闲。"

明明实际上那么闲,但学长总是爱摆谱。

"肯定又是什么鬼怪啊,幽灵啊这一类的策划吧?"

"才不是呢。"

"如果是这一类的,我可不配合。"

"都说了不是啦。"

两人在居民区踱步。一栋栋住宅如同要塞般紧挨在一起,每栋楼都有十四层高,墙上都有编号。街区卫生做得十分到位,环境非常清洁。但是,混凝土的白色墙面隐约透出了黑色的污渍,年久老化的痕迹也比较明显。

"高岛平区……过去这里被称作自杀圣地。果然是这样啊。你来这里,是想给你那些奇怪的灵异故事取材,对吧?"

学长的推理虽然不完全正确,但与实情也相差不远。璃璃子确实是听说这里有很多人自杀才来的。视情况而定,她可能会写篇文章。但是,这也并非她来这里的本意。

"如果真是这样,那其实是你搞错了。"

听到这里,璃璃子停下了脚步,转过身看着学长。

"什么意思呀?"

"过去这个区确实有很多人跳楼自杀。昭和五十二年,有一家三口跳楼自杀,从此区内发生了多起自杀事件。昭和五十五年,自杀人数达到了一百三十三人,仅当年的一月到七月,就有十九人在这里结束了自己的生命,这里的自杀事件一度成了社会问题。"

"是吗?所以这里果然是自杀圣地啊……"

"听我说完。这里到底为什么有这么多人跳楼自杀?其实和当时严重的住宅问题有关。在经济高速增长期,随着人口的增加，据说政府为了解决多达四百二十万户人家的居住问题，建了高岛平区。这里具有划时代意义的是居民楼的高层化现象。建筑物越盖越高，节约了很多空间，能把狭小的土地有效利用起来。随着居民楼的高层化，这里才得以容纳更多的居民，营造出绿色舒适的居住环境。但是另一方面，也造成了意想不到的危害。"

"意想不到的危害？"

"不断有人从小区楼顶和楼梯平台跳楼身亡。当时的高层建筑还很少，这里成了跳楼自杀的理想场所。很多厌世想要自杀的人纷纷来到这里，了结自己的生命。据说自杀者中有一半以上并不是这个小区的居民，而是从其他地方专程过来的。人类就是这么奇怪。为了打造舒适的居住环境而越盖越高的楼房，反而方便了人们跳楼自杀。"

学长往前走了一步，眺望着小区的风景。

"另外，据说楼房高层化导致日照时间减少，也是引发自杀的原因之一。周围这么多高楼，阳光都被遮住了，肯定对白天屋子的采光有很大影响。这个问题也给居住者的精神状态带来了很大的负面作用。日照时间变短，自杀率就会升高。最近有研究和数据证明了这一点。"

高层小区的风景绿意盎然，却总给人一种奇怪的异样感。

带编号的居民楼、排列成几何形状的阳台、将四周团团围住如同要塞一般的建筑。虽然居住环境确实舒适，但给人的印象终究是少了些人情味。

"小区很重视事态的发展，也采取了一些对策。在昭和五十六年，小区楼顶和三层以上外露的台阶全部安装了防止跳楼的铁栏杆。"

确实，居民楼的楼顶都安装着样式统一的护栏。其他楼的楼顶也是如此，外露的台阶也全部装上了铁质防护网。

"这个方法起了作用。之后，小区几乎没再发生跳楼事件，自杀人数也急剧下降。这是三十多年前的事了。现在情况也是如此，这里很少有关于自杀的报道。所以，再把这个小区称作'自杀圣地'，已经不合适了。"

"原来如此……"

璃璃子一边说着，一边缓缓向前走了一步，集中精神凝视着小区的风景。

她听到了居民们嘈杂的声音，在儿童公园喧闹的孩子，风吹过的声音——

都是些日常的场景。没有什么值得特别注意的异常情况。璃璃子转过身，对着学长说道：

"学长你说得对，这里的确不是我想找的地方。"

学长听罢，深深叹了一口气。

"我还真说对了，你就是想写灵异事件的文章吧。"

璃璃子没有回答，从包里掏出相机，拍了几张小区的风景留作资料。

回到高岛平站，两人上了与来时方向相反、开往目黑站的地铁。车厢里的空调温度非常舒适。地铁开出七站后，两人在板桥区政府站下了车。

出站走上楼梯，映入眼帘的是一座巨大的高架桥，在国道的正上方，那是首都高速公路。学长从后面跟了上来，开口说道：

"首都高速高架路下面的这条国道十七号，就是所谓的中山道。不过江户时期繁荣一时的中山道旧道，是在东边这条辅路的位置。"

璃璃子取出地图，确认了现在的位置。她转身背朝现代化的高速公路和布满高层住宅的国道，向着小路走去。

走了一阵，来到了一条与国道平行的古旧商业街。现在刚过正午，街上熙熙攘攘，正是热闹之时。跟在后面的学长说："这就是中山道的旧道。江户时代，这里作为驿站街区，曾经非常繁华。"

走进街区，两人往北走去。这是通往京都的方向。

这条商业街仍保留着过去的样貌。门面古旧的酒铺和米铺、复古的咖啡馆和自行车铺都拥挤地立在街边。穿行在充满昭和气息的商铺间，可以看到现代化的首都高速高架桥，这是东京下町[①]特有的一种过去与现在紧密融合、具有强烈不平衡感的景象。板桥站是中山道的第一个驿站，是通往京都的一百三十里路程的起点，想到这里，璃璃子不禁心生感慨。

两人自南向北，沿着这条曾是中山道旧道的商业街前进。往来行人大多是来买东西的。骑着自行车的主妇、留着胡子的工人、弯着腰的老太太——说实话，看上去都不怎么富裕。这是典型的东京下町区风景。又走了一阵，路上的行人渐渐少了。

两人继续向北走，正前方出现了一座小桥。桥下，一条小河流淌而过。桥的栏杆涂成了茶色，上面刻着书法字体"板桥"二字。

"这条河叫石神井河，河上的这座桥就是'板桥'。"

"我知道这里，这座桥就是板桥这个地名的由来吧？"

璃璃子在桥边停下来。她听说板桥的地名是从一座桥而来，却从未见过这座桥。此时看到这座"板桥"，她不禁觉得有些失

[①]下町是一个日语词汇，指的是市区中的低洼地段。也指与居住区相对的工商业地区，与高级住宅区相对的平民住宅区等。

望。作为板桥区名字的起源,这座桥也未免太小了……说得直接点,也未免太寒酸了。

"其实不是这样的,这座桥不一定就是板桥这个地名的由来。"

"为什么呢?"

"板桥这个地名很古老。镰仓时代的《延庆本平家物语》里提到,这一带曾有一处源赖朝①布阵的地方,那里被称为'板桥'。当时在河上架桥是非常不可思议的事情。江户时代以前,人们想要渡河,一般是蹚水、游泳,或者坐船。所以这座'板之桥',当时一定非常受欢迎,板桥这个地名便是由此而来。"

"原来如此。这样的话,这座桥不就是地名的由来吗?"

"听我说完。"

"好。"

"德川幕府将这条中山道修缮好,是刚才那本书成书几百年之后的事情了。也就是说,这本书在写成的时候,这条路是否存在、石神井河上是否有桥都无法确定。因此,板桥这个地名的由来'板之桥',不一定指的就是这座桥。"

学长一边说着,一边追上璃璃子,向桥边走了过去。他越说越带劲,跟学生时代的他一样,一点都没变。学长平时沉默寡言,不知脑子里在想些什么,而一旦打开话匣子,就会一发不可收拾,完全不在意周围人的反应,滔滔不绝地一直说下去。

"板桥站是中山道的第一个驿站,也是江户城的出入口。凡是到访江户的人,必须要经过这座桥。因此,这附近曾经繁盛一时。对于旅客来说,'板桥'就是江户的象征。现在这座桥是混

---

①源赖朝(1147—1199)是日本平安时代末期至镰仓时代的武将、政治家,镰仓幕府首任征夷大将军,也是日本幕府制度的建立者。

凝土做的，为了缅怀当时的情景，涂成了旧时'板子'的颜色。其实就是当时的复制品。"

学长的介绍就像导游一般无可挑剔。如果再有一点亲和力就更完美了，不过这对他来说是不可能的。璃璃子听着学长的介绍，从桥上走了过去。

两人继续沿着商业街前进。路上的行人逐渐减少，而且都是些老人。这条商业街已经失去了活力。有些店铺已经关门大吉，有些则一直无人打理，变成了一片废墟。江户时代的繁荣景象，除了刚才的桥以外，已经没有半点迹象。

"还有。"学长本来走在前面，现在慢慢地停了下来。他穿着笔挺的竖纹衬衫，唰地一下回过头来："我之前说过了，如果你要写灵异故事，我可不奉陪哦。"

璃璃子本来并没打算邀请学长一起，是学长自己跟着过来的。

"你的想法我可是一清二楚。你是想利用我的知识来写东京二十三区的灵异故事，对不对？如果真是这样，我可不参与。之前我说了很多遍，说得嘴皮子都磨薄了，什么幽灵啊鬼怪啊，这个世界上根本就不存在。"

学长一边走，一边滔滔不绝地说着。璃璃子反驳道："但是学长，民俗学领域也有'冤魂''灵异'这种超越了人类认知的内容啊。"

"确实如此，但是这些概念在学术上都得到了解释。幽灵、妖怪，还有冤魂、灵异等，都是人创造出来的概念。人的生命总有一天会终结，大家都要面对死亡。所以，人们对死后的世界既感到畏惧，又心怀憧憬。人们希望即便肉身毁灭，灵魂也能够得到重生，相信世间存在肉眼无法看到的灵魂。所以，从这个角度来讲，说'灵魂是存在的'也不能算错。只不过，这其实是在说人们'希望灵魂是存在的'。"

"原来如此,的确是这样。学长说得太对了。"

璃璃子觉得很烦,不时随口附和着。她避开滔滔不绝的学长,先往前面走去。

关于"灵魂是否存在"这个问题,从学生时代起她就跟学长意见不一致。但是璃璃子意识到这种争论不会有什么结果,只是在浪费时间而已。因为她清楚,学长的理论是完全错误的。而且璃璃子也并非主动愿意来这些奇怪的地方。如果可以,她其实并不想跟这些怪事产生什么瓜葛。说实在的,她非常讨厌灵异故事。但是,现在的情况不允许她说出这些想法。

"看,那就是你想找的地方吧。"学长从后面说道。璃璃子停下了脚步,学长走到她身边,伸手指着前方说:"就是那个十字路口一带。"

璃璃子顺着学长指的方向望去。

商业街上有一个带信号灯的小路口。角落供着一棵古树,深绿色的树叶葱郁茂密。以古树为中心有一圈木栅栏,围出了一片区域。在这片平凡的商业街中,只有这里显得与众不同。两人穿过马路,朝着古树的方向走去。

古树的树干包着注连绳[①]和草席,能看到后面有一座小祠堂。祠堂两侧挂着很多绘马[②]。祠堂前站着一个人,是一个三十岁上下的女性,戴着一顶宽边帽。她的穿着很有品位,与周围的环境有些格格不入。

璃璃子走到古树周围的栅栏前,入口的旗子和石碑上写着

[①]注连绳是用秸秆编成的绳索、草绳,用来表示神圣物品的界限,一般出现在鸟居门上、神树和石头附近。
[②]绘马是日本人许愿的一种形式,人们在一个木牌上写上自己的愿望并供在神前,祈求得到神的庇护。

"断缘树"的字样。

断缘树——

这棵树能保佑人们与孽缘断绝关系。

断缘树

她紧紧地抱住怀中的手提包。

真没想到竟然来到了这个地方。但她内心深处其实也有预感,或许总有一天会再回来。

记忆中的神树似乎比眼前的更为高大,伫立在路中央,威严而庄重。现在眼前的神树却显得小巧而雅致。

自那天以来,究竟过了多久呢?

薰站在神树前浮想联翩。街道的样貌已经与过去截然不同,她最后一次来这里……是的,已经是二十五年前的事情了。薰从魔鬼手里逃了出来,那两只恶鬼杀死了她的弟弟福男。那时薰只有五岁。自那以后,她一直刻意回避板桥这个地方。如果来这里,就可能会被那两只魔鬼杀掉,所以她绝对不会靠近这一带。但现在,她还是来了。

薰听说父母已经去世了,哥哥姐姐似乎也离开了这里。所以她已经没有什么好怕的了,这里已经没有魔鬼了。

那之后薰经历了很多事情。五岁时逃离这片区域后,她在东京四处流浪,其间甚至有几次吃不上饭,差点饿死。只要能活下去,她什么都愿意做。她出卖了自己的身体,也无数次被男人骗过。虽然过得很苦,但无论多么艰难她都咬牙坚持过来了。"无论如何都要活下去"——薰就是怀着这样的信念度过的每一天。

那一天她亲眼看到福男被杀。为什么父母要杀死自己领回来的孩子呢？当时她并不明白他们的动机。那个一直很喜欢自己，长得非常可爱的福男……她没能救得了他。别说救命了，她还因为恐惧当了逃兵。

从那以后，薰不知多少次梦到了福男。反反复复，总是梦到。刚出生不久的福男就那样被活埋了……他临死前发出的惨叫至今萦绕在薰的耳边。

所以，薰必须活下去。为了含恨离世的福男，她拼命活了下来。不管多饿、多苦，她都咬牙坚持。终于，幸福也降临在了薰的身上。

那个男人叫英司，比薰大五岁。

他是薰打工的酒馆的客人，是一名私人医生，从父母手中继承了一家小诊所。他非常喜欢薰，有一天向薰求婚了。英司是一个稳重而聪明的人，薰之前从没遇到过这种男性。她明白两人并不般配，但也渐渐被英司的品格吸引了。

他们结婚了。薰一下子走出了人生低谷，变成了医生的妻子。她再也不需要担心经济上的问题了。更重要的是，英司真的很爱她。这是薰第一次觉得生活中充满了爱。

但是好景不长。结婚半年后英司变了，变得疏远而冷淡。薰跟他说话他也总是心不在焉。他的状态非常奇怪，似乎在隐瞒什么。英司的性格耿直认真，并不擅长说谎，所以表现得很明显。

一天，薰决定跟踪英司。薰心想，最近他经常一个人悄悄跑出去，或许是有了外遇。

英司换乘电车，看来是要去某个地方。为了不被发现，薰戴了一顶灰色的宽边帽,压低帽檐,跟在英司后面。他到底要去哪里呢?是去情人家吗?还是去酒店或者旅馆幽会?对方是谁?护士还是患者?又或者是某个她不认识的人?

英司下了车,走进下町的小巷中。薰跟在他的后面,视野里出现了一处有些熟悉的景色。难道是……离目的地越近,薰的心跳动得越快。不会是那里吧?然而,薰的预想是正确的。

英司的目的地是薰小时候逃离的地方,是薰下定决心再也不会回来的地方,是那棵"断缘树"。

薰压制住内心的不安,潜身躲到了暗处。英司走进供奉着神树的区域,虔诚地祈祷着。他为什么会来这里?难道,他是来打探薰的出身的?

薰并没有把自己的过去详细告诉他。她也并不是想掩盖什么。结婚的时候她本想全部告诉英司,但英司坚持说自己不想听。英司说,过去的事情他不想管,他在乎的是薰的现在。

英司为什么会来板桥呢?是不是他变了心意,想查清妻子的过去呢?她那贫穷的少年时期,还有逃出村子、变成孤儿的经历。后来还卖身,并曾以此安身立命……他的态度急转直下,应该跟这个也有关系吧。薰感到越来越不安。

过了一会儿,英司走出神树的区域,沿着路朝北边小跑着离开了。薰本想追过去,但她还是更在意神树这边的情况。他刚才在神树这里做了什么?确定英司的身影消失之后,薰走近了"断缘树"。

神树就像二十五年前一样,依然供奉在那里,仿佛一直在等待薰的归来。

薰深深地鞠了一躬,抬头环顾了一下四周。所幸这附近没有人。薰穿过鸟居,向祠堂走去。祠堂两侧挂着很多绘马,是许愿祈求断绝孽缘的人们挂上去的。

绘马排列得密密麻麻。看了一会儿，薰的目光锁定了其中一个。她一时惊呆了，一直闷在心底的话脱口而出：

"为什么……"

这时有人走了过来。薰急忙把眼前的这个绘马解下来，装进自己的包里，匆匆离开。

这个女人小心翼翼地抱着包，从璃璃子的身旁走过。她来这里是祈求跟谁断绝关系呢？她身材苗条，端庄美丽。可能是因为在这样的地方相遇，她看上去似乎有种红颜薄命的气质。

与她擦身而过后，璃璃子走进了供奉"断缘树"的区域。正面是涂成朱红色的鸟居，里面是一座小祠堂。祠堂前面供奉着神树。

璃璃子站在神树前，深深鞠了一躬后，抬头看着这棵"断缘树"。繁茂的树枝上长满了深绿色的叶子。深色的粗壮树干上缠着注连绳和草席。背后传来了学长讲解的声音："断缘树……古代在民间就有传说，这棵树能够断绝孽缘。只要对着它祷告，就能与想要分开的人彻底断绝缘分，不留后患。"

"我只听说过求姻缘的，求断缘的还是头一次见。"

"因为这棵树能断绝男女之间的缘分，所以人们结婚时都不愿意从它前面走，而是彻底避开它。在江户时代末期，孝明天皇的妹妹和宫作为第十四代将军德川家茂的正室出嫁了。从京都嫁到江户，必须要经过这条中山道，幕府担心新娘的队列如果从这棵断缘树旁边经过会影响这场姻缘。当时正是幕末的动乱时期，在倒幕呼声高涨的形势下，幕府想通过与皇室联姻渡过危机，所以这场婚姻绝对不能失败。于是,幕府为了避开断缘树,专门设计了一条迂回的路线。为了以防万一,他们用布把树干包裹起来,才最终让队列通行。"

"逼得幕府专门设计迂回路线,这棵神树肯定相当灵验了。"

"谁知道呢。过去女性是不能申请离婚的,所以,要跟坏男人断绝关系的话,也只能去求神拜佛了。民间传说,这棵树的效力似乎不仅仅关乎男女之爱,还可以保佑人们远离即将降临在自己身上的厄运,以及人事纠纷、疾病等麻烦,是一棵非常灵验的神树。"

璃璃子盯着神树看了一会儿。神树散发着一种难以用语言描述、似乎超越了人类认知的庄严之气。学长走到神树旁,继续解说道:"过去人们说,取一些神树的树皮,煎成药后服用,断缘的效果会更好。于是人们都来剥树皮带回家。但是,没了树皮,树干更容易腐坏,树的寿命也会缩短。所以这棵断缘树曾经枯萎过,此后重新栽种了好几次。现在这棵已经是第三代了。你可以看下那边的石碑。"

学长指了指立在鸟居边上的小石碑。璃璃子看了一眼,突然屏住了呼吸。

石碑的表面——

在混凝土的表面,涂着一层已变成乌黑色的、如同木乃伊一般的东西。看上去像是树干的一部分。

"这是上一代神树。"

"上一代?石碑里面的神树是第二代吗?"

"是的。"

第二代神树的残骸被封存在了这座石碑里。它的样子非常诡异,甚至有一些悲凉。

学长的视线再次回到神树上,继续说道:"为了防止人们再割树皮,管理者给神树裹上了草席保护起来。但是在现代,还是不断有人来这里祈求神树的庇护。"

在神树没有被草席包住的部分,有几处树皮被剥掉了,露出了肉色的木质。

"还真是这样,树皮被剥掉了不少。这棵树到底为什么会被称为断缘树呢?"

"传说是何时开始的并没有定论,不过你看树的旁边。"

学长指了指在神树旁生长的一棵其他的树。

"旁边还有一棵树。这不是朴树,是榉树。榉树的别名也叫槻树。第一代神树也是这样和榉树栽种在一起,'朴树'(enoki)和'槻树'(tsuki),逐渐被叫成了'断缘树'(ennotsuki),这才有了'断绝孽缘'这样迷信的象征意义。"

璃璃子对学长的知识量惊叹不已,果然比网上的搜索引擎好用多了。

她穿过鸟居,往里面走去。身后传来嘎嗒嘎嗒的声音,一个推着购物车的驼背老妇人走了进来。她看上去像是附近的居民。她停在神树前,虔诚地双手合十。

璃璃子在祠堂前停住了。这是一座用木料做成的小祠堂。在二礼二拍手一拜[①]之后,她把目光投向两侧挂着的绘马。

这些绘马估计有几百……不,是上千只。大量的绘马叠了好几层,挂得满满当当。

"现在,剥树皮已经被禁止了。所以人们改成将愿望写在绘马上,祈求断缘树帮助清除孽缘。"

---

①这里指日本人在参拜神社的时候,两次致礼,两次拍手再一次致礼的程序。

绘马排列得密密麻麻，从中透出一种非同寻常的气氛。璃璃子战战兢兢地凑近了仔细看去。

绘马的正面是绑着注连绳的神树图案，用毛笔字写着"断缘树，结善缘，绝孽缘"。背面是用记号笔或者签字笔手写的文字，是祈求断缘的人们写下的愿望。

"请保佑我马上跟丈夫离婚。"

"恳求树神保佑我在年内跟家暴的×××分手。"

"请保佑我的儿子×××跟那个女人×××分手。让我儿子恢复到以前的样子。"

"请保佑我跟隔壁的×××家断绝关系。我是一个认真努力生活的人，拜托树神了。"

"希望我的丈夫别回家了，我想跟孩子两个人自由自在地生活。但是，请让他一辈子都给我们生活费。"

"请保佑我远离乳腺癌和让人痛不欲生的药物。"

"我找到了新工作，请保佑我跟现在的顾客断绝一切关系。"

"××餐厅的服务员对顾客极其不友好，请让他们集体失业。"

"请保佑我与××公司的××社长断绝关系。让××公司和它的职员都被行业抛弃。"

璃璃子被眼前的这些绘马震撼了。

这里记述的不仅有人们对恋人或配偶的仇恨，还有对儿媳、邻居、职场、店铺的憎恶。还有希望与癌症和药物诀别，希望自己性格改善等愿望，许愿的内容范围很广。

"不仅是自己的名字，对于想要断绝关系的对象，也会把他的真名写下来。还有人会写下他们的住址和电话号码。

"可能是大家觉得，如果不这样写清楚真实的名字，就分不清谁是谁了，请愿就有可能到不了断缘树那里。"

绘马上面写满了憎恶、怨恨和苦恼等情绪。这里仿佛是生活在现代东京的人们负能量的聚集地。

"只是一棵树而已，对它许个愿，怎么可能实现呢？但人们就是这样，就算泄露个人信息，也愿意相信神树可以帮助断绝孽缘。人类真是愚蠢又滑稽的动物。"

"不过我不这么想，世界上有些事是远远超出人类的理解能力的。这棵神树肯定也是这样。"

"我说过了。这个世界上，超出人类理解的事情……"

学长正说着，旁边传来了推购物车嘎嗒嘎嗒的声音。刚才对着神树双手合十的老妇人朝这边走了过来，用沙哑的声音向璃璃子打招呼："你好。"

"您好。"

璃璃子应了一声，老妇人脸上堆起皱纹，露出了慈祥的微笑。

"你是来许愿断缘的吗？如果有什么不清楚的，可以问我。不用客气。"

"不是的，我不是来许愿的。有点……"

"有点？"

璃璃子正在犹豫怎么回答，老妇人先开了口："呵呵呵呵，人会带着各种问题来找神树。来这里的人也不一定是求断缘的。"

"为什么呢？"

听到璃璃子的问题，老妇人露出了微笑。

薰

薰坐上电车，回到了离家最近的车站。她不想马上回家，于是来到了家附近的河边。这时她才发现，太阳早已西斜。薰无力地坐到河堤上。

她还是震惊不已。会不会是她看错了？她战战兢兢地打开包，里面是她刚才取下来的那块绘马。把绘马翻过来，她又仔细看了看上面写的许愿文字。

"我的婚姻是一个错误。请让我跟妻子薰分手吧。请保佑我和她的缘分从此一刀两断。××英司"

她没有看错。文字写得非常工整，字迹是她熟悉的蓝色钢笔字。没错，这块绘马一定是英司写的。

他想跟薰分手。这究竟是为什么？结婚前……不，直到前段时间，他明明还对薰有着强烈的爱意。把绘马拿出来，跟他摊牌问个究竟？不，她做不到。如果这样做，也许就意味着他们的缘分宣告结束了。薰爱着她的丈夫，想跟他白头偕老。她不愿跟他分手，不愿终结这场缘分。

那么，是他有了外遇？结婚前他是个老实稳重的人，不像是找外遇的那种性格。是被别的女人纠缠上了吗？可能他是被女人诱惑迷失了心智。他既有财力，作为医生又有社会地位。何况现在世道如此，他不可能不讨女性喜欢。

一定是他一时糊涂。他的心肯定会回到她身边的。她要把小三揪出来，然后在尽量不把事情闹大的情况下让小三跟他分手。

夕阳渐渐沉下了河面。时间已经不早了。薰把绘马收进包里，慌忙站了起来。

第二天，薰开始追查丈夫的情人。但是她不能太过高调，于是委托了侦探暗中调查丈夫。

三个月后，薰来到侦探事务所。因为她接到消息说调查报告已经出来了。看到结果，薰感到愕然。根据调查，英司的行为完全没有可疑之处，也没发现任何疑似情人的女性。他最近的所作所为可谓品行端正。

这就奇怪了。不可能是这样，一定是丈夫出轨了。她一再逼问调查员，对方却这样说道："夫人，请您放心。您丈夫绝对没有出轨，我们对调查结果有绝对的信心。"

薰一时呆住了。丈夫没有情人？那他为什么想跟自己分手？

一定有什么原因。她把调查结果带回家，瞪大了眼睛仔细阅读。的确像调查员说的那样，英司的行踪中并没有出现其他女性的身影。但是薰注意到了一个事实。他在休息日又去了板桥，并且一个人去了神树那里。

薰立刻起身前往神树所在的地方。

她瞅准没人的时机，走进了供奉神树的那片区域，跑到那些绘马旁边，试图确认其中有没有英司挂上去的。如果发现他又挂了新的祈求与她断缘的绘马，就必须赶紧摘下来，不能让神树看到英司的愿望。她一边这样想，一边拼命寻找。这堆绘马堆在一起，她逐个仔细翻看。最后，她终于找到了。蓝色墨水笔写的熟悉字迹……是英司写的没错。薰不禁将它拿在手里，解开系得很复杂的绳子，带走了这块绘马。

这第二块绘马，也写着祈求与妻子"断缘"的文字。虽然还不知道原因，但毫无疑问，他就是希望与薰分手。

如果这么希望分手，他大可以当面提出离婚，那样还能节省时间，但是英司并没有这么做。

一天吃早饭时，薰委婉地向英司试探道："你最近好像很累啊……是发生了什么事吗？"

"是吗？没有啊……"

英司说着，喝了一口味噌汤。

"我们去旅行散散心吧，怎么样？"

"……我再想想。"

她和英司的对话就这么结束了。薰也没有再说什么，因为她觉得，反正丈夫也不会认真回应她的话。

这天，薰发现了一个问题。两人在说话的时候，丈夫从来都不会看着她。不只是今天，最近丈夫一直在故意避开她的视线。作为丈夫，他对妻子居然连看都不愿看上一眼，难道他对她已经厌恶到这个程度了吗？但薰也一直没想明白究竟是因为什么。

在这种状态下，一年过去了，状况并没有任何改善。即便自己主动搭话，丈夫的反应还是敷衍塞责，说话时也完全不看薰的眼睛。当然，夫妻生活也是完全不曾有过。英司的身体一天不如一天。不仅是对薰的态度，他好像总有事情想不开，工作中也开始频频出现误诊、开错药方等情况。

而且这一年里，他又有几次去神树那里祷告。可能是因为"断缘"始终没有生效，他开始着急了吧。这也难怪，因为薰每次都会跟踪他，把他挂的绘马摘下来。她不会让他的愿望实现的。她深爱着他，不能失去他，不能放开终于到手的幸福。

究竟是什么让他如此执念于分手呢？如果弄明白原因，应该会有解决的办法。开诚布公地谈一次，应该能恢复到以前的夫妻关系。

有一天，薰来到断缘树前，发现了一个用丈夫的笔迹写的绘马。

"妻子过去的由加痛苦愤怒恐怖。悲哀××英司"

刚看到绘马时，薰没有明白这句话的意思。

"妻子""过去""痛苦愤怒恐怖""悲哀"。

根据这些词来看，他之所以疏远薰，似乎与她的过去有关。丈夫是不是出于一些原因，了解了她在结婚前的经历——四处流浪的少女时代，那些以卖春为生的日子。想必他是知道了这些凄惨的事实，精神上受到了打击。他心里可能已经讨厌薰了。

但是，薰想不通"妻子过去的由加"这句话的意思。"由加"应该是人的名字。自己过去似乎并没有与叫"由加"的女性有过关联。过去工作过的卖春场所、酒吧或者酒馆，薰都没用过"由加"这个花名。那么，肯定是丈夫身边有一位薰并不认识的"由加"了。

或许是英司搞错了什么。还是应该跟他好好聊一聊。跟他说清楚自己的想法，告诉他自己的过去、自己对他的爱……他一定会理解的。但是，应该在什么时候，以什么形式跟他聊呢？就在薰再三犹豫的时候，机会以意想不到的形式到来了。

有一天，吃完晚饭后，英司告诉她"一会儿来一下书房"。薰收拾好餐具，往书房的方向走去。

家中一片寂静。

虽然诊所就设在自己家，但现在已经过了出诊时间，护士和工作人员都已经下班了。这栋别墅据说是战争爆发前由英司的父亲所建,但是父亲不幸战死,母亲也在空袭中去世。现在住在这里的只有英司和薰两个人。

英司的话到底是什么意思呢?他已经下决心要跟她分开了吗?薰紧张地敲响书房的门。丈夫应了一声,薰推门进去。看到书房中的景象,薰不禁屏住了呼吸。

书房里摆满了西式家具。黑色的办公桌前是一个会客用的沙发,英司正坐在沙发上。薰进了房间,英司依然不抬头看她。他视线的正前方是一张带木纹的会客茶几。看到这一幕,薰简直不敢相信自己的眼睛。

桌上摆得满满的全是绘马。英司曾将这些绘马挂在"断缘树"上,然后被薰逐个摘了下来。

书房的门敞开着,薰呆呆地站在那里。她摘下来的这些绘马,本来是藏在二楼的储藏室里的……

"你先坐下吧。"

薰关上了门,坐在英司对面的沙发上。他清了下嗓子,开口说道:"我收拾储藏室的时候偶然发现的。"

英司就像平时出诊一样,语气冷静而平和,目光却仍然回避着薰。

"这太奇怪了。我去了很多次板桥,这些绘马是我为了祈愿挂在'断缘树'那里的。为什么会出现在储藏室里?你如果知道些什么,请告诉我。"

二楼的储藏室主要用来收纳薰的东西。他说是"偶然"发现,明显是在说谎。恐怕他是为了翻找薰的东西,才去的二楼储藏室。没想到他会偷看自己妻子的私人物品。但现在恰好是个机会。英司承认了这些绘马是他自己写的。薰正有数不清的问题要问个清楚。

"没错,是我去神树那里把它们拿回来的。对不起。可我也有问题要问你。这上面写的都是你的真心话吗?你想跟我断绝关系,这是你真实的想法吗?"

薰单刀直入地问道,英司没有立刻回复,但过了一会儿,他还是开口了。

"嗯,没错,是真的。"

"到底是为什么?"

英司似乎想说些什么,但又把话咽了回去。他的眼神微微动了一下。

"你是不是有其他人了?比我更重要的人。"

"不,我没有。"

"那你为什么会这样?是不是……你知道了我过去的事?"薰逼问丈夫。

英司的双眼游移不定,他看向别处,无力地回答道:"对不起,我查了很多东西。"

听到这里,薰一直压抑着的感情再也控制不住了,眼泪夺眶而出。

"结婚的时候你说过,过去的事就让它过去吧。这话是你拿来骗我的吗?"

"不是这样的。我的确知道了你的过去,从小时候一直到结婚前,你都经历了怎样的生活……但我真的没有撒谎,过去的事就让它过去吧。日本过去就是那个样子。为了生存,那都是迫不得已,我能理解。"

薰拿起了桌子上的一块绘马。是那块"妻子过去的由加痛苦愤怒恐怖。悲哀××英司"。

"那这上面写的'妻子过去的由加'是什么意思？我过去没有叫过'由加'这个名字。你认识其他叫'由加'的女人吗？"

"不，没有叫这个名字的。"

说到这里，英司紧紧闭上了眼睛，低下了头。

"真的吗？"

"真的，我可以对天发誓。"

"那为什么……我年纪比你小，很多事情都不知道。你到底为什么要跟我分手？你明明一直都这么爱我。"

英司没有说话。

"我也从心底里爱着你，我真的不想跟你分手……"

这时，英司慢慢抬起了头，一动不动地看着薰。这是一年多以来薰第一次感受到丈夫的视线——

但那并不是丈夫看爱妻时的眼神。他的眼睛睁得很大，眼里充满了不安和恐惧，仿佛看到了什么不祥之物。他咽了一口唾沫，立刻把视线移开，然后发出了一声呜咽，整个人从沙发上滑了下来。

"我求求你了……赶快离开这个家吧。求你了，从我眼前消失吧。"英司蹲在地上，双手抱头大声喊道，"快走吧！你快离开吧！"

薰一时不知所措。她觉得如今说什么也没用了，她心里的某些东西已经渐渐崩塌了。

薰明白了，这些都只是一个梦。幸福是不会降临到自己头上的。这都是她当时扔下福男自己逃跑的报应。福男，对不起，是姐姐没有保护好你。薰一直想获得幸福……看来这根本不可能。

英司双手抱头，非常痛苦，嘴里嘟囔着一些不知所谓的话。他到底为何如此烦恼？直到最后，他也不愿与她同甘共苦。他跟那些男人一样，只是在玩弄她罢了。

突然，她感到一阵强烈的恶心，有一种被人操控了的感觉。她慢慢地从沙发上站起来。接下来的事情，她只记得一些零碎的片段。

走过屋子的走廊——
来到厨房。一把刚洗完的菜刀——
书房，正抱头苦闷的丈夫——
心里感到一阵强烈的憎恶——
惨叫的丈夫。身体向后猛仰——
一片寂静——

等回过神来，薰正站在书房里。

沙发、墙面，还有放在茶几上的绘马，都溅上了很多血。自己的衣服和双手也沾满了鲜血。

英司脸朝下倒在了地上。他的半张脸贴着地面，一动不动。眼睛睁得很大，眼球是灰色的。后背上插着一把菜刀，伤口仍然流着混有气泡的鲜血。

薰浑身无力，瘫倒在地。

这是昭和三十一年十月二十一日的事情。

"那这个女人后来怎么样了？"

璃璃子问道。老妇人露出了慈祥的笑容，回答道："当然是被逮捕了，听说后来进了监狱。"

"为什么这个丈夫想跟妻子分手呢？"

"这我就不知道了，这个故事我也是听来的。多么讽刺啊，丈夫最后成功跟妻子分开了……也算是实现了愿望。呵呵。"

听了老妇人的话，璃璃子全身感到一阵寒意。老妇人驼着背，缓缓转身面向神树的方向，眯起眼睛望了望这棵树。

"神树的意志是不可违背的……哎，有人来了。"

璃璃子顺着老妇人指的方向看去。刚才在这里祈愿的女人正站在路口对面，眼睛看向这边。她戴着一顶暗红色的宽檐帽子，品位不俗。她因为什么事情又回来了。

"她可能也是来祈求断缘的吧，或者是有其他目的。就像故事里那个叫薰的女人……不管怎样，我们好像妨碍到她了。那我就先告辞了。"

石之坂

告别了老妇人，璃璃子走出了供奉"断缘树"的区域。在商店街的角落，一个身穿围裙的中年胖女人正在洒水。

时间已接近傍晚。阳光不再那么毒辣，但气温似乎并没有变化。璃璃子用手帕擦干流下的汗水，从包里取出笔记本。一边走着，一边翻页，浏览刚才听老妇人讲故事时随手记下的笔记。

"妻子过去的由加痛苦愤怒恐怖。悲哀 ×× 英司。"

"这到底是什么意思呢？"

旁边的学长开口问道。

"丈夫应该意识到了，自己挂的绘马可能已经被人偷看。所以才写得像暗语一样，把真实的意思隐藏起来。"

"暗语？"

"嗯。绘马上写的都是实名，有的人就会有顾虑，怕别人偷看，所以把祈愿的内容写得跟暗语一样，别人即使看了也不知所云。"

"这样啊……那学长你明白这段话的意思吗？"

"嗯？啊，当然……"

学长说着，眉间挤出了皱纹，一动不动地盯着璃璃子的脸。

"一点都不明白。"

一到关键时刻，学长反而帮不上什么忙了。

"这句话罗列了四种感情，到底什么意思呢？'痛苦愤怒恐怖。悲哀'。这其中只有'悲哀'的前面被标点符号隔开，还是用平假名写的。而且，不是一般的'ＫＡＮＡＳＨＩＩ'，而是'ＫＡＮＡＳＨＩ'。这应该是有什么用意的吧？"

"古语里有'ＫＡＮＡＳＨＩ'这个说法。这么写的时候，是'可爱''讨人喜欢'的意思。"

"但如果是这个意思，那就更不知所云了。"

"这倒也是。"

"ＫＡＮＡＳＨＩ……"

璃璃子嘟囔了一句，继续沿商店街走着。

"这个叫薰的女人的丈夫，为什么要跟她分手呢？明明是他自己提出来的结婚……而且他既没有外遇，对于女方的过去也并不在意。"

"谁知道呢。男女间的这些微妙心思，我们猜来猜去也没什么意义。这些事只有当事人自己清楚。"

"嗯？学长对男女之事也挺有研究的？"

学长脸色丝毫不变，看了看璃璃子，然后静静地说道："那当然……比你懂得多点。"

两人沿着商店街走了一会儿。道路渐渐变成了弯弯曲曲的上坡路。路的两旁仍然是一些酒铺和米铺之类的陈年店家。再往前走，就是环状七号线了。

学长突然停住了脚步，抬头环顾四周。

"这附近是岩之坂。"

"岩之坂？"

"嗯，现在这个地名已经没有了，过去这一带有个村子叫岩之坂，是一个贫民窟。"

"贫民窟？过去这里不是中山道的驿站吗？又是江户的出入口，应该很繁荣啊。"

"那是江户时代以前的事了。进入明治以后，板桥站变化很大。借着明治维新的机会，现代化的浪潮席卷而至。日本各地开始铺设铁路，这一带本来也要修的。但板桥是历史悠久的驿站，政府当时否决了这件事。明治十八年开通的经过中山道的铁路，绕过了板桥，走的是王子、赤羽那边。在那之后，板桥站很快就被废弃了。靠驿站谋生的人丢了工作，只能以打短工或者乞讨为生，这里也就成了贫民窟。另外，大正十二年发生了关东大地震，无家可归的人们蜂拥来到这个村子的长屋和小客栈里，当时这一带成了法外之地。"

"原来是这样啊。"

璃璃子心情复杂地看着周围的景色。

这条普通的下町商业街残留着古朴的风情。那里曾经是贫民聚集的地方，不过现在已经完全没有了贫困的痕迹。

"昭和五年，在这个岩之坂，发生了一起震惊全日本的恐怖事件。"

"恐怖事件……"

学长看了看周围，放低了声音继续说道："有一天，在岩之坂的医院，来了一个抱着婴儿的中年女人。她说孩子死了，要开死亡证明。那个孩子只有一个月左右大，当时已经断气了。医生问起来，才知道她并不是孩子的母亲。真正的母亲是住在贫民窟的一位念佛修行者，在给孩子喂奶的时候，失手把孩子闷死了。"

"念佛修行者？"

"嗯，修行者这个词听起来很好，其实就是挨家挨户要钱要饭，过的是乞丐一般的日子。孩子已经死了一段时间，嘴边还有被人用手按压过的痕迹。医生觉得可疑，于是报了警，这起事件才得以被发现。孩子母亲被捕后，对罪行供认不讳。被害的男孩是她领养的，是她捂住孩子的嘴闷死了他。"

"把孩子杀了……为什么？"

"为了赚钱。当时把孩子送去寄养，一般多少会附加一些抚养费。在战前的日本，堕胎是违法的。通过不正当方式生下的孩子或者私生子，往往刚生下来就会被送去寄养。这样就逐渐出现了一种犯罪行为，有人为了获得抚养费而领养孩子，拿到钱后就把孩子杀掉。也就是杀害养子事件。"

"杀害养子事件？"

"那个念佛修行者母亲也是为了获得抚养费。当时报纸报道说，警察搜查了附近的村子，光是已经掌握证据的，就有四十多个养子失踪或者惨死。一开始抱着孩子尸体的中年女人，好像是专门做这个中介的。"

"为什么要做这么残忍的事情？"

"杀害养子的情况不只是出现在岩之坂。当时日本的其他地方也报道了几起这样的事件。也许暗地里有更多的孩子遇害，只是没有被曝光罢了。过去有很多人只能靠这种手段生存下去。"

"为了生活，不惜杀害孩子？"

学长点了点头。

"后来，这起'岩之坂'事件，以念佛修行者女人和她有共犯嫌疑的丈夫被起诉而告终。而另外四十多个孩子的死并没有在法庭上引起争论。因此，这个地方杀害养子的犯罪行为是否是有组织的，还没有定论。但从这次事件以后，岩之坂一带由警察和行政机构介入，促成了贫民窟的拆迁。在事件发生的两年后，也就是昭和七年，板桥区正式诞生了。"

璃璃子背后感到一阵寒意。这么多孩子刚刚生下来不久就被残忍地杀害了。这样的事件就发生在他们居住的东京,而且就在不久的过去。现实往往就是这么残酷。

"对了,刚才那个老太太提到的叫薰的女人,她的故乡也在这附近吧。"

"好像是的。"

璃璃子看着眼前的风景。暮色下,那是东京下町商业街再平常不过的景象。

过去曾经繁华一时的驿站之城。

后来的恐怖贫民窟。

如今,都已经没了踪影。

"嘿呦。"

她把购物车停在一旁,驼着背坐在了神树旁边的长凳上,用绑在头上的手巾擦了擦额头上的汗水。

不知从哪里飘来了一阵晚饭的香气。太阳就要落山了,神树附近已经没有人了。

薰去年已经九十岁了。从岩之坂的村子逃出来,已经是八十多年前的事情。虽然时间过去了很久,但每次来到神树前,她都会觉得一切仿佛历历在目。

今天在这里,她久违地讲了自己过去的故事。当年她杀害了丈夫。现在对她来说,那已经只是一段回忆了。

当年她就是没能明白,英司为什么要跟她分手……但是在杀害丈夫后经过这么长时间,她渐渐明白了理由。

那块绘马……

妻子过去的由加痛苦愤怒恐怖。悲哀××英司。

当意识到绘马的真正含义之后，薰震惊了。为什么丈夫总躲着自己，为什么他不敢看自己，理由就是——

原来如此。

在她杀害英司的那天晚上。丈夫最后看过薰一眼。那个眼神，就像是看到了什么不祥之物。他看了一眼就立即挪开视线，然后似乎是出于恐惧而崩溃了。

丈夫看到的东西……

那并不是薰。

从岩之坂村逃出来那天起，他就一直跟着薰。薰结婚以后，他也一直跟在她的身旁。丈夫应该是看到他了。丈夫之所以不再看自己，总是躲着自己，希望离开自己，都是因为这个。丈夫肯定是害怕了。他……他的灵魂是不会离开薰的。

在杀害丈夫的时候，薰似乎被什么看不见的东西操纵着。现在想起来，她明白了。那是他的意念。一定是他不允许，不允许薰独自得到幸福……

从那天起，薰就意识到了自己被福男的鬼魂附身。她已经逃不掉了。

刑满释放后，薰回到了这里。她选择在板桥度过余生。那个夜晚……从她抛弃福男逃出村子的那个夜晚开始，这一切就已经是命中注定。

薰和福男一起生活。这是她赎罪的方式，也是她的命运。不仅仅是福男，很多在这里长眠的婴儿的鬼魂，都寄附在了她的身上。

她抬头仰望着"断缘树"。

从那时起，已经过了无数的岁月。东京的面貌已经焕然一新，板桥也是如此。但无论时代怎么变化，"断缘树"始终与多年前一样，矗立在那里。还有他也是……现在，他已经跟薰片刻都不能分离。

福男的笑声依然天真无邪，也依然会跟自己撒欢。但他已经失去了人的外形。他那厚重的黑色亡魂，一圈圈盘绕在年迈的薰的脖子上。它的最前端有一张脸，那是当时福男生前露出过的可爱笑脸。

薰看着福男，布满皱纹的脸上露出了慈祥的微笑。

板桥本町十字路口

几辆大型卡车在眼前横穿而过,发出震耳的轰鸣声。

璃璃子和学长来到了从商业街横穿而过的环状七号线。沿着环路向左转,上了人行道。

映入璃璃子眼帘的,是环路和首都高速的高架桥交错而成的路口。在夜幕的包围下,可以看到背景是一排现代化的高层住宅区。

这里是板桥本町的十字路口。这里与他们刚才经过的充满昭和风情的商业街,简直是两个世界。

两个人站在十字路口的一侧。

板桥——

这里是东京最偏远的区,与埼玉县接壤。

自杀事件频发的居民区。断缘树。杀害养子事件。过去作为江户出入口的板桥站曾经是繁盛一时的地方,结果竟变成了贫民窟,大量婴儿在此失去生命。

眼前的东京仿佛是一个怪物,它孕育的邪恶在板桥町兴风作浪。但是璃璃子在这里并没有遇到她要找的东西。

"结果怎么样?你的目的达到了吗?"

站在后面的学长突然问道。

"你还是老实交代吧,你想写的就是那些愚蠢的灵异故事吧？那样的话，我是不会帮忙的。"

"不管怎么说，你不也跟到这里了吗？学长，你其实是相信幽灵存在的吧？"

"别胡说。"

"学长早晚会感受到这一点的。这个世界上，确实有许多人类无法解释的现象。"

璃璃子向学长提出了挑战。

"……那好吧，真有意思。这样吧，我会帮你的。我来证明给你看，灵异什么的都是胡说，人类的认知所不能及的事情，在这个世界上统统不存在。"

"谢谢学长，请一定证明给我看哦，我很期待。"

璃璃子一边说着，一边微微低下了头。她扎成一束的长发随着步伐不停地摇摆，画出一条弧线。她把黑色托特包挎在肩上，朝地铁的入口走去，却又立即停住了脚步。

"啊。"

"怎么了？"

学长一反常态，关心地问道。璃璃子连忙摇了摇头。

"我没事。"

璃璃子突然感到背后传来一阵非同寻常的危险气息……她慢慢回过头去。看到眼前的画面，她紧张地屏住了呼吸。一瞬间，她浑身的汗毛都竖了起来，惊起了一身鸡皮疙瘩。

在十字路口来来往往的人们——

快步回家的上班族。骑着自行车的高中女生。买完东西回家途中的主妇。他们的脖子上都缠绕着黑色的块状物。甚至有的人，脖子上的黑色物体已经垂了下来。他们拖着这些块状物继续向前。当然，谁都没有发现这一点。

璃璃子不由得屏住了呼吸。她觉得，这一幕所反映的，正是住在东京的他们所背负的沉重的罪孽。

世界上屈指可数的大都市，东京……这座城市建立在我们埋葬的无数怨念之上，日夜不停地高速运转着。

——妻子过去的由加痛苦愤怒恐怖。悲哀——

涩谷区之女————

涩谷区

涩谷区与千代田区、中央区、港区、新宿区合称东京城五区。

涩谷站周边与新宿、池袋合称三大副都心,拥有大规模的商业区。原宿、代官山、惠比寿聚集了大批面向年轻人的餐饮店和时尚产业,这里也成了流行文化的发源地。

涩谷区有明治神宫和代代木公园等面积较大的绿地,还有松涛和代代木上原等高级住宅区。

暗渠

　　从头顶滴下来的水落在地上，发出怪异的声响。

　　这里的臭味令人作呕。墙面用粗糙的混凝土砌成，前方笼罩在一片黑暗之中。

　　手中的手电筒向正前方照去。地面上布满了碎石瓦砾，水流从中间淌过，似乎要把碎石连为一体。水量并不大，刚刚能没过橡胶长靴的鞋底。

　　但是并不能大意。网上有消息说，有时候会突然有大量的水涌入这里。特别是下大暴雨的时候，必须多加注意。留意观察墙面能发现，水面以上相当高的位置都被浸湿了。这说明水位线曾经到达过这个位置。

　　台风季节已经结束，最近的天气比较稳定。天气预报说今天的降水概率为零。在进入这里之前，天空万里无云，应该不会下雨。不过他是第一次来这种地方，还不知道会发生什么事情。

　　工藤肇配齐了装备，钻进黑暗之中。他穿着上下半身分开的雨衣，戴着橡胶手套，脚踩橡胶雨靴，嘴上戴着白色的尼龙材质卫生口罩。他还买了光线很强的施工专用手电筒。

　　他看了一眼手表，现在是上午七点三十五分。

　　他照亮前进的方向，谨慎地向前走着。眼前依然是由灰色混凝土构成的空间。天花板上有一道横梁，每隔几米就断断续续地连在一起。两侧护岸的墙上浸满了污渍，到处都沾着动物粪便。

这是个封闭的空间。

他在河中逆流前进。与刚进来的时候比，水量似乎增多了一些。他把光照向水面，发现有很多小鱼四散而逃。这里的水质似乎比想象得要好。

河水虽然清澈，却散发着恶臭。周围充满了下水道特有的那种水质腐坏了的气味。他虽然戴了口罩，却还是挡不住钻进鼻腔的恶臭。他真想赶紧离开这里，回到地面上，却不能这么做。

他必须沿着这条被脏兮兮的混凝土包围的河流，一直往上游方向走。

工藤肇只是个平凡的上班族，为什么会来这种地方呢？他真没想到事情会变成这样。但是，他必须往前走。无论如何都必须前进。

他突然停下了。

前方的顶板上有光柱投射下来，而且不止一处。每隔几米就有几缕光线映照在漆黑的水面上。

这些光是什么呢？

他朝着光的方向缓缓走去。

观音桥

感觉就像是被什么东西吸引了一样。

站在这个名叫"观音桥"的路口，原田璃璃子不禁想道。

她从JR中央本线的信浓町站下车，穿过神宫外苑，一路走到了这里。这里属于涩谷区，叫外苑西路，位于国立竞技场前。为了举办四年后的东京奥运会，眼前的国立竞技场正在进行大规模的改建。国立竞技场的斜对面，就是这个叫"观音桥"的路口。

璃璃子站在路口的一端，集中精神抛弃一切杂念，仔细感知气息传来的方向。身体也随着意识自然地动了起来。她沿着外苑西路，朝青山方向前进。

外苑西路是一条贯穿东京都中心南北的都道，从新宿开始，穿过青山、麻布，一直通到广尾、白金。

九月已经过半，此时秋高气爽，微风吹拂，让人倍感舒适。

璃璃子穿着牛仔夹克，搭配工装裤，肩上背着一只黑色的大托特包。在二十多岁的女生里面，她的打扮是比较朴素的。她沿着外苑西路走着，及腰的长发随步伐摇摆。

"今天你要去哪里？又去写灵异故事啊？"

学长从她身后惊讶地问道。他的名字叫岛野仁，是璃璃子大学时代的学长。

"你说你年纪也不小了,别再写这些灵异的故事了,多写点脚踏实地的东西吧。"

"我觉得写灵异的故事跟年龄没有关系。"

学长的个子很高,头发蓬松,皮肤白净,总是穿着笔挺的竖纹衬衫和西装裤。他并不土气,穿着也很干净,但这张脸放在他身上总给人一种暴殄天物的感觉。他说话不好听,性格又糟糕,从来没有受到过女性的欢迎。

"学长你这么忙,其实不用跟着我的。"

"我不忙,这点时间还是有的。"

学长一副得意扬扬的样子。因为自己的悠闲而得意,他可真是个怪人。

"我不是说了吗?我要证明给你看,你相信的幽灵鬼怪这些人类认知无法解释的东西,根本就不存在。"

"嗯,是有这回事。那你就证明给我看吧。"

璃璃子其实也并不乐意做这些事情。如果有可能,她只想开开心心地生活,根本不想跟这些灵异事件扯上关系。但是现实不允许她这样做。

他们沿着外苑西路的人行道往南走。走了一阵,来到一个信号灯路口。信号灯旁标着"仙寿院"几个字。

璃璃子在路口前停下,看向右边。这条与外苑西路交叉的道路通往原宿方向,中途有一条隧道。隧道的入口处垂下来许多郁郁葱葱的爬山虎。

璃璃子穿过马路,往隧道的方向走去。学长在后面说道:

"你的目的地果然是这里啊。"

"你知道这条隧道吗?"

"是千驮谷隧道吧。这个地方总是出现在猎奇网站和灵异读物里面，是东京有名的灵异场所。千驮谷隧道算是经典中的经典了。"

"学长，你明明讨厌这些东西，却知道得那么多啊。"

两人来到了隧道入口。

这条隧道很短，只有六十米左右。道路被中间的柱子隔开，每侧虽然各有两条车道，但靠近人行道一侧的车道已经被停在那里的出租车和卡车占满了。隧道里即使白天也很阴暗，顶部有橘黄色的照明灯，更添了一丝阴森的气息。

千驮谷隧道。这里曾经有很多人目击过灵异现象，据说有人曾见到从天花板上倒吊下来的幽灵，也有人被突然从墙壁中伸出来的手一把抓住。

两人慢慢向隧道内走去。顶部的水泥已经变色，与伸进来的爬山虎混在一起。传说中那种瘆人的污点也随处可见。这里的氛围看上去似乎确实会出现倒吊的幽灵，或者墙上突然伸出来一只手。

两人在隧道中间停住了。有几辆车从身边加速驶过。这里不愧是东京的核心区域，车流量很大。

"这条隧道是昭和三十九年开通的。那年正好是东京奥运会。隧道上面是一个叫仙寿院的寺庙，这条路是把寺庙的墓地下方打穿之后建成的。这里之所以会流传这么多灵异现象，也跟这个背景有关。"

学长开始解说了。他可比那些搜索引擎好用多了，真是太好了。璃璃子在心里暗自庆幸。

"仙寿院过去是德川御三家[①]之一的纪伊德川家的菩提寺。

[①] "御三家"一词源自江户幕府时代，是指除德川将军家外，拥有征夷大将军继承权的三大旁系。

江户时代这附近可是悠闲的田园地带。仙寿院建了很多壮观的庭院，非常漂亮，可以算是江户城的风景名胜之一。"

"那这条隧道为什么要建在仙寿院的下面呢？"

"你连这都不知道，就过来啦？"

"我本来没想来这里。"

学长虽然能帮上忙，但总是多嘴，也算是美中不足。

"昭和三十四年，东京申奥成功，街道需要加速改造，都内有一万多处土地被重新挖开。特别是国立竞技场这一带，工程尤其集中。当时，原宿站和国立竞技场之间没有直通的道路。所以，位于两者之间的仙寿院的墓地，就成了道路通过的地方。"

不愧是学长，这种知识他知道得总比别人多。

"但是也产生了一个大问题。虽然要在墓地当中修一条路，但也不能把这么多人安息的地方全部刨开。但是如果花时间把墓地全部迁走，就赶不上奥运会了。所以最后决定在墓地下方建一条隧道，让路从这里通过。"

"在墓地的下面修隧道、通道路，听着真够瘆人的。"

"所以才有了那么多故弄玄虚的传说。隧道上面埋着无数祖先的遗骨。我认为，人们下意识地觉得这么做对不起祖先的灵魂，产生了一种罪恶感，才让这些无中生有的灵异现象广为流传。"

"嗯？你刚才说祖先的灵魂？学长，你不是不信这些事情吗？"

"不是我相信灵魂存在，我只是提一下'过去的人们都相信灵魂存在'这个事实。虽然我觉得并没有什么灵魂，但人们在心理上想承认它存在，倒是不假。"

璃璃子觉得，与学长讨论灵魂是否存在没有什么意义，只是在浪费时间。因为她知道,学长的话是大错特错。

璃璃子做了一个深呼吸,朝前方望去。她盯着隧道昏暗的内部,集中精神,调动自己的感知能力。

她在隧道里站了一会儿,突然转过身来,朝着相反的方向迈开步子。

"怎么了?"

"看来我的目的地不是这里。"

走出隧道,两人又回到了外苑西路,朝着青山方向前进。走了一会儿,道路变成了缓坡。街边绿树成荫,雅致的楼房鳞次栉比。

在外苑西路上向右转,两人走进了住宅区的小路。住宅区内的小路蜿蜒曲折,两侧盖满了豪华的住宅和公寓。路上基本没有行人。两人就这样往西南走去。

"接下来你想去哪儿啊?"

学长在后面问道。

"嗯……我也不知道。"

其实,璃璃子也无法预测自己要往哪里走。

璃璃子有一种不为人知的能力。除了有生命的人外,她还能感知到其他的存在。

她也并非一直如此,但有时身体中会突然涌出这种感觉,使她能够察觉到它们。它们大多是以气体或者气味等看不见的形式出现,但有时也会是肉眼可见的。

今天走在涩谷区的路上时,璃璃子就被一种强烈的感觉控制了全身。那是她之前从未感受过的强有力的波动,她仿佛被这股力量牵引着来到了这里。顺着强大力量的来源,她控制好方向,保持前进。

她在住宅区的小路上走着。在雅致的住宅公寓之中,还残留着陈旧的木质板墙房屋。走了一会儿,路边出现了一根斑驳的石柱。它拦在蜿蜒曲折的小路中间,高度刚刚及腰,已经风化的石头表面刻着"原宿桥"的字样。

"这附近已经是原宿啦。"

离开原宿桥走了一段,道路变成了下坡。再向前走,路的两边出现了旧民居风格的咖啡厅和复古服装店等颇为时尚的店铺。路上的行人也多了起来。这里就是所谓的里原宿。

在路人中,穿着复古服饰、头发染成紫色或粉色等个性颜色的年轻人非常扎眼。他们就是所谓的里原系潮人。

"这个地方估计跟灵异故事没什么关系吧。"

"好像是的。"

"你到底要去哪里啊?能不能考虑一下我的感受?"

"我说过啦,你不用跟着来的。"

璃璃子被看不见的力量引导着,在里原宿的小路上前进。

她有时会觉得这个能力非常恐怖。如果没有这个能力,人生会变得多么幸福啊。如此一想,她就时常感叹自己的命运。

璃璃子从记事起,就发现自己拥有别人不具备的能力。可以说,她的人生也因此变得一团糟。

她基本上没有什么朋友。她只要一跟人说话,就能发现对方身上依附着的东西在**蠢蠢**欲动,这让她非常烦恼。她想跟对方说明这个情况,但只要一开口,对方就会非常不愉快。如果能忽略那些肉眼看不到的东西,倒是可以与对方正常交往,但她又偏偏做不到。所以,往往就会跟对方变得疏远。

她至今都没有好好谈过恋爱。曾经有几次跟男生交往过,但是发现他们身上的东西后,她就无法保持平常心了。所以,交往始终没能持续下去。大学毕业后她进入出版社工作,但也很快辞了职。因为在单位她也受到这个事情的干扰,没法正常工作。她换过几次工作,但都没有干很长时间。所以像学长那种能满不在乎地说出"幽灵并不存在"的人,真是让她羡慕。如果没有感知幽灵的能力,人生会过得多么快乐啊。

璃璃子的愿望只有一个,那就是"赶快让自己的特殊能力消失"。她想跟同年龄的女生一样,享受青春年华和普普通通的恋爱。自己也并非不受男生欢迎。嗯,希望是这样。她的胸并不大,但长相还可以。嗯,肯定是这样的。如果没有特殊能力,她就能认识优秀的男生,跟他幸福地结婚,跟体贴的丈夫和可爱的孩子一起过上幸福的生活。无论如何,她真的想成为一个普通人。

但为了达到这个目的,璃璃子必须先解决自己面临的"某个大问题"。这个恐怖的事情一直纠缠着她。为了能获得解脱,她才来走访东京都内这些非同寻常的地方。

还有现在引导着她的这股强烈的力量。她在进入涩谷区之后,就立刻感觉到了这股恐怖的气息。或许它能带着她去到那里,那个璃璃子一直在东京寻找的地方……这是有可能的。

两人继续沿着里原宿的小路前进,来到了表参道。

马路中间有隔离带,两侧各有三条车道。现在这条路正在堵车。这个表参道的十字路口,往右走是明治神宫,往左走是青山路。

路边是一些高级品牌和时尚女装店。行人大多是年轻男女,人行道上挤满了修学旅行的学生和外国游客。空气中弥漫着一种似乎是女士香水的味道。

在熙熙攘攘的表参道，两人沿着人行道前进。璃璃子努力集中精神，引导她的这股气息既不是来自右边的明治神宫，也不是左边的青山路。来源应该是正面的西南角方向，隔着表参道，气息是从对面的那条路传来的。

为了到马路对面，璃璃子从人群中挤出一条路，向天桥走去。就在这时，她在天桥前停住了。

"这里也有石柱。"

表参道人行道的角落也有一根石柱。与原宿小路中的一样，柱子的高度刚刚及腰。在东京最繁华的街道上，却立着这样陈旧的石柱。柱子表面刻着"参道桥"的字样。

学长仔细看了看石柱，意味深长地嘟囔了一句：

"原来如此……'参道桥'啊。"

"参道桥？"

"是啊。这根石柱叫参道桥……"

突然，学长发出"啊"的一声。

"……是这样！是这样啊！"

"嗯？怎么啦？"

学长认真地看着璃璃子。

"我明白你在想什么了。"

"嗯？我？……"

学长那细长清秀的眼睛冷冷地看了璃璃子一眼，说道："是啊。我估计你是在故意试探我，但很遗憾，我已经看破了一切。"

"试探？我没有啊……"

听璃璃子说着，学长朝天桥方向走去。璃璃子只得跟在后面。

两人走过天桥来到对面的路上。路边尽是一些类似服装店和露天咖啡厅的店铺。这是一条商业街，叫猫街。这条路修得略微弯曲，走在路上的都是些穿着时髦服装的年轻人。路的中间有机动车道，但是并没有车经过。沿着这条路一直向前走，就能到达涩谷站附近。

"还有……"

璃璃子小声说了一句，学长停下脚步转过头来。

"现在能说了吧？你这次到底策划了些什么？"

"策划？"

学长走了过来。

"你真是用心良苦，很有意思啊。"

"啊？"

学长弯下腰，盯着璃璃子的脸。

"快说吧，别再瞒着我了。这次策划的主要内容是什么？"

"那个……我没有什么策划。我能感觉到一种强烈的气息，我只是顺着气息的方向走到了这里而已。"

"真的吗？"

"是的。"

"你真的什么都没有考虑，就走到这里了吗？"

"也不是什么都没考虑。"

"真是不可思议……"

学长的视线从璃璃子身上移开，抬头望了望天空。

"怎么了？"

"你没注意到吗？从神宫外苑到这里的路线，有很重要的意义。"

"重要的意义？"

璃璃子感到十分困惑。她真的没有什么特别的意图，只是顺着气息的方向走到了这里。这时，学长一反常态，兴奋地向璃璃子问道:"你能回想起这一路上经过了哪些地方吗?"

"嗯……从神宫外苑到观音桥,千驮谷隧道,原宿桥,里原宿,表参道,参道桥……"

"不觉得奇怪吗?"

"嗯?哪里奇怪了?"

"不觉得有什么不对劲吗?"

"不对劲的地方……"

璃璃子认真思考着,但她并没有理解学长的意思。

"还不明白吗?"

"嗯,完全不懂。"

"那没办法了。"

学长说完,又向前走。璃璃子慌忙跟了上去。走了一会儿,学长停下脚步,手指向街上的一片地方。

"你去看看,那根石柱上写的是什么。"

人行道旁有一座混凝土做成的台座,上面种着一些花。台座中心也立着一根古旧的石柱。柱子表面刻着"稳田桥"的字样。

"稳田桥?这里也有写着桥名的石柱呢。"

"是的。观音桥、原宿桥、参道桥,还有这个稳田桥。我们走过的路线上,有好几个地方都是以桥命名的。"

"啊,还真是。"

"但是,你看到河了吗?"

"河?这么说来……"

如学长所说,这一路上并没有什么河流。

"没看到有河。"

"对吧,但其实河是存在的。"

"什么意思?"

"我们走过的路线,过去一直是有河流的。而现在,这些河还在我们身边。"

"啊?"

璃璃子连忙抬头看了看四周,但是并没有河的影子。

"这附近没有河啊。"

"是暗渠。"

"暗渠?"

"暗渠指的是埋在地下的河流或者水流。我们脚底下就有。"

学长一边说着,一边指了指地面。

"本来在地上的河,因为盖上了沥青路面,变成了地下的暗渠。东京的地下到处都是这种暗渠。说来也巧,刚才你走过的路,其实恰好是沿着地下的涩谷川走过来的。"

"是这样啊……怪不得哪里都有这种以桥命名的柱子。"

"过去这里地上是河流,修了很多座桥。但是河变成地下暗渠之后,桥就失去作用了。所以,就像这座'稳田桥'一样,这些桥只是将栏杆上的主柱作为纪念碑留了下来。"

"原来如此。也就是说,我是沿着地下的涩谷川走到了这里。"

"是的。现在这里的正下方,也流着一条暗渠。"

璃璃子从未听说过这些。虽听过"暗渠"这个词,但她一直以为暗渠指的是黑暗的洞窟之类的东西。她也知道,随着城市的发展,一些河流确实被埋到了地下。但是,没想到平时经常去的原宿和表参道这些地方,地下竟然也有暗渠……

今天,她被某种力量引导着,沿着暗渠的路线一路走来。这究竟意味着什么呢?

"这条路俗称'猫街',它的正式名称是旧涩谷川游步道。也就是说，这条路名副其实是在变成暗渠的涩谷川上面建成的。知道了这些，再看这条路，看！"

学长说完，指向路边满是商店的街道。

"能看出来河的走向吗？"

这条路缓缓地蜿蜒曲折着。现在看来，确实与河流有几分相似。

"这一带在江户时代以前，是一个叫稳田村的农村。葛饰北斋的《富岳三十六景》描绘了当时的场景，其中就有架在涩谷川上的水车。"

"以前原宿这里还有过水车？"

眼前的原宿商业街，过去竟然是水流丰沛、使用水车的农业区。那样的风景，现在已经完全无法想象。

还没回过神来，璃璃子的腿已经不由自主地迈了出去。

他们在猫街，在涩谷川暗渠的上方慢慢地走着……

璃璃子感觉正被一种前所未有的强大的力量牵引着，不断地向前走去。究竟是什么在引导她呢？

自己又将去往何处呢？

涩谷川

在黑暗之中，每隔几米就有成束的光线照射下来。

光照在水面上，摇曳着反射开来。工藤肇在光束下停了下来，抬头望向混凝土材质的顶盖。顶盖上开了一个直径二十厘米左右的圆洞，上面罩着网格状的铁栅栏。仔细听去，那里传来的是汽车行驶的声音和街道上的嘈杂声。

这个洞原来是排水口。地面上道路两侧排水沟中积攒的雨水应该会从这里流下来。排水口正下方的瓦砾上散落着一些烟头。路上吸烟的人随意将烟头扔到了排水口里，落下来后集中在了这里。

现在的位置，对应的是地面的哪里呢？应该已经过了东口的巴士总站了吧。这样的话，再过一会儿就能到达目的地了。

眼前的景象依然是涓涓流淌的暗渠，还有由混凝土构筑起来的黑暗的空间。工藤肇简直无法想象，自己头顶上就是涩谷的繁华都市。

收到那封诡异的邮件，是四天前的事了。

肇有工作专用和个人专用两个邮箱，那封信发到了他的个人邮箱里。

你的母亲想要见你。九月×日上午八点。我在涩谷川的暗渠，宫益桥遗迹那里等你。

发信人并没有留名字。当然，这个邮箱地址他也完全没有印象。

一开始他觉得这是一封骚扰邮件，但是这封邮件让他越来越不安。

他的母亲在十年前失踪了，那时他只有十六岁。自那以后，他再也没有见过她。

五岁那年，肇的父亲患胃癌去世了。他基本没有留下关于父亲的记忆。后来听说，父亲是一家食品公司的职员，每天的工作非常忙碌。亲戚们都认为他是因为工作过度劳累而去世的。

父亲去世后，肇就和母亲相依为命。母亲身材苗条，端庄美丽，性格稳重而温柔，为此肇感到很骄傲。生活虽然并不宽裕，但对他来说，那段时光至今仍是他最重要的回忆。母亲经常带着他去附近的小河玩水。母亲很喜欢河。

肇十岁那年，母亲再婚了。对方是一个很能干的老板，手里有好几家房地产公司。两人结婚后，生活变得宽裕了，但也只持续了不到一年的时间。因为继父在家中被杀害了。而因此被逮捕的，正是肇的母亲。

母亲向警察供述，是自己杀害了肇的继父。犯罪动机是继父多次出轨和实施虐待。律师称她患有精神障碍，对她进行了精神鉴定。但是鉴定结果显示她并没有精神上的问题，因此被判了五年有期徒刑。杀人罪被判五年，已经是很短的刑期了。辩护律师的声明在一定程度上起到了作用，使她获得了减刑。

母亲被捕后，肇被继父的亲戚领养。在他十六岁那年，母亲刑满释放，时隔五年后他们终于重聚。但是没过多久，母亲再次下落不明。肇并不知道其中的原因，总之就是，母亲突然消失不见了，从此他们再也没有联系。

肇在亲戚家生活，努力学习考进了国立大学，随后进入了梦寐以求的大型商社工作。现在他已经有了情定终身的恋人，是跟他一起进入公司的一个女孩。他的工作和人生都刚刚开始步入正轨，但他片刻都没有忘记母亲。那件事已经过去十年了。

母亲失踪时亲戚曾经帮忙寻找，但是一直杳无音讯。学生时代的肇也一直在寻找关于母亲的线索。但是作为一名学生，他能做的事情毕竟很有限。

进入社会以后，肇有了稳定的收入。结婚的时候，他想第一个通知母亲。正当他想雇用侦探去打听母亲的下落时，就收到了那封邮件——

肇的脑海里闪过了无数的画面。

这封信的内容究竟是不是真的？按照对方所说，在指定的时间去什么"宫益桥遗迹"，就能见到母亲吗？发信人到底是谁？就算是一封骚扰邮件，那个人也肯定知道母亲失踪的事。他到底是出于何种目的发来这封信的呢？

肇给发信人回了一封邮件。

"您的来信已收到。请问您是哪位？您知道我母亲的消息吗？能否告诉我您的名字和电话号码？我想跟您直接谈谈。"

但是对方并没有回信，可能这真的是骚扰邮件吧。他觉得对方指定的地点也相当可疑。

"涩谷川的暗渠，宫益桥遗迹。"

起初他并不知道那是哪里。"暗渠"到底是什么地方？他在网上搜索也只查了个大概。"涩谷川的暗渠"指的是涩谷站地下的河流,"宫益桥"是过去位于宫益坂的一座桥。宫益坂是从涩谷站到青山方向的一段上坡路。网上说,似乎现在宫益坂路口正下方附近的暗渠上,仍然有"宫益桥"存在。

"涩谷的地下暗渠"这种地方,真能进得去吗?发信人为什么指定这样的地点?或许,这真的只是恶作剧之类的吧。

就这么思前想后,转眼到了邮件指定的日子。这是一个星期日,并不用上班。肇一开始并不想去。但随着日期临近,他越来越生气。这真是恶作剧的话,那性质可是相当严重。如果他信以为真去了暗渠,估计会被这个神秘人嘲弄一番。如此想来,肇就不禁满腔怒火。

就在这时,他收到了第二封邮件。

"跟你确认一下。明天上午八点,在宫益桥遗迹。从涩谷站南侧的稻荷桥可以进入涩谷川的暗渠。可以带上雨具和雨靴,防止淋湿。"

邮件还附上了从稻荷桥到宫益桥的简略地图。对方似乎是真的想让自己过去。肇感受到了这一点。而在母亲失踪的十年间,他并没有得到任何线索。就算见不到母亲,这次或许也能打听到一些消息。

虽然可能是恶作剧,但肇还是赴约了。他很在意这件事。他认为,虽然见到母亲的可能性不大,但只要有一点点可能,他都应该去试一下。哪怕最后白跑一趟,也比因为没去而后悔要好。

他又在网上确认了一下暗渠的情况。正如邮件所说,要进入暗渠,必须带上一些装备。他有雨衣,但是并没有手电筒和长筒雨靴。他立刻去买齐了这些物品。

现在是二〇〇九年九月×日上午七点左右。肇来到了涩谷。因为是星期日的早晨,涩谷站周边没有多少行人。肇把雨衣、橡胶雨靴等设备装到登山背包里，朝着暗渠入口的方向出发。

穿过国道二四六号线，他来到明治路交叉口的一侧。这里有书店，是他经常来的地方。在明治路和与它平行的东急线高架桥之间有一条河。这条河比地面大概低四五米，两边混凝土制的护岸延伸开来。这就是涩谷川。河上的桥就是稻荷桥。

肇站在桥上眺望四周的风景。涩谷站一侧道路的正下方有一个方形的隧道，里面流出了一些河水。看上去从这里就能进入暗渠。

肇找到一栋大楼的暗处，在那里换了衣服，从背包中取出雨衣迅速换上，然后脱下运动鞋，穿上了长筒雨靴。

他走到桥边，翻过栅栏。在混凝土的护岸墙面上，他发现了供人上下使用的抓手。他抓着扶手下到了河边。要进入暗渠，本来要获得政府的许可才行。一旦被人盘问，他就必须放弃。但这里基本没有人，因此他很容易就下到了河边。沿着潺潺的流水向前走去，很快就来到了暗渠的入口。

这是一条混凝土的方形隧道。前方被包围在一片黑暗之中，空气中弥漫着下水道的臭味。肇戴上了口罩，向黑暗中走去。

他微微踮起脚，向头顶的排水口望去。

顶盖有几米高。外面的景象与光融在一起，看不太清楚，却能感受到街道的嘈杂。现在他的头顶上就是熙熙攘攘的涩谷。肇不禁觉得有些不可思议。

现在是上午七点四十分，从他进入暗渠已经过去了十分钟。走的距离并不算长，但比想象中更花时间。此时离约定的时间尚早。肇非常谨慎地往深处走去。

顶盖上时不时传来咚咚的震动声。那应该是因为头顶的路上有汽车经过。

走了一阵后，前方出现了一个诡异的物体。肇不禁做出防御的姿势，小心地用手电照去。墙面上有一堆类似红褐色砖块的物体。他小心地凑过去，这似乎是桥墩的一部分，表面的花砖已经脱落，露出了底层的混凝土。肇一边用手电照着桥墩，一边把手电举到头顶。顶盖上横向嵌着一条很长的红褐色钢架，看上去已经锈迹斑斑，缝隙中露出了一些腐朽的木质残骸。

这就是宫益桥吧。这座桥曾经架在涩谷川之上。肇现在看到的是这座桥背面的部分，是从河底仰视看到的样子。也就是说，现在他所在的位置，就是宫益坂下十字路口的正下方附近。

现在已经是七点五十分，再有大约十分钟，就到了约定的时间。发信人会赴约吗？

肇一边想着，一边用手电照亮四周。就在这时，他"啊"的一声屏住了呼吸。视线中出现了一个异样的物体。

在手电光照可及的范围，他看到前方有一个巨大的白色物体。这个物体挡住了去路。肇拿稳手电筒，朝它的方向走去。

白色物体原来是一副橡胶材质的帘子。帘子就像隔开房间的竹帘一般，从顶盖一直垂到贴近水面的位置，把前方挡得严严实实。帘子看上去并不脏，一定是有人定期更换。

肇想要到帘子后方一探究竟。他慢慢靠近过去，正要伸手去揭。

就在这时，他听到了蹚水的声音。身后有人走了过来。肇不禁回头看去。

远处有一个光源正在靠近。随着光越来越近，脚步声也逐渐变清晰。有人走过来了。肇把身体放低，做好准备。他看了一眼手表。现在是七点五十五分,离约定的时间还有五分钟。

肇感到有些意外。他本以为对方不会出现,或者会让他等很长时间。但是对方竟然按时来了。

那人蹚水的声音在暗渠中回响,肇慢慢地用手电照向对方。

能看清对方的样子了。

那是一个男子。他身披灰色雨衣斗篷,连头部都裹得严严实实。脚上的橡胶长靴一直护到膝盖下方。卫生口罩遮住了半张脸。他背着的双肩包比肇的还要大。

又往前走了一些,男子停了下来。他的身材并不高大,戴着银边眼镜,但是鼻子以下都被口罩遮住,看不清。斗篷的缝隙中露出了一些白发。似乎是个上了年纪的人。

肇正想跟他说些什么,男子却先开口了:"是你给我发的邮件吗?"

肇一时语塞。这话应该是我问你才对吧?正要回话时,男子又大声问道:"你到底要干什么?霞到底在哪里?"

他隔着口罩发出了嘶哑的声音。

宫益桥

两人走到了猫街的尽头。时尚街到这里就告一段落了，但是道路仍然弯弯曲曲地延伸向远方。那是通往住宅区内部的路，周围尽是些漂亮的公寓和建筑。就在不久的过去，原宿这一带还是绿意盎然的田园地带。现在，他们正走在一条河流的上方，它过去位于田园地带的中心，如今却已经从地面销声匿迹。

璃璃子转过身，问身后的学长："涩谷川全部都变成暗渠了吗？"

"并不是，涩谷川的源头是新宿御苑的池塘，流经我们刚才走过的神宫外苑和原宿，一直通到涩谷。从水源地到涩谷这段，又被称为稳田川。过了涩谷之后，从广尾的天现寺开始，名字就变成了古川，最后注入东京湾。暗渠的部分到前面涩谷站南侧的稻荷桥就截止了。那之后涩谷川就不再是暗渠，而是地上河了。"

两人一直沿着暗渠的"河道"前进。暗渠的范围正好是从原宿到涩谷之间。道路在高楼之间蜿蜒，宽度大概只能容一辆汽车通过。

"涩谷川为什么会变成暗渠呢？"

"因为东京需要发展，它就成了牺牲品。"

"牺牲品？"

"是的，东京本来就是一个河流众多、水源丰沛的地方，江户城能够发展起来，也与人们利用河流和运河发展水上交通有关。但是在明治以后，土地被开发利用，为了建造住宅，人们开始把过去的河流和小河用作下水道，河水都变成了臭水沟。因为看上去太不美观，所以人们就用混凝土做成盖子把它遮起来，这样既能用作道路，也能扩大土地面积。"

"原来如此。"

"昭和三十四年，东京获得奥运会的承办资格，因此各项建筑工程都加急开展。考虑到肮脏的河流是不能被外国客人看到的，东京把市内各个地方的河都变成了暗渠，河流被藏到了地下。特别是涩谷川，因为它流经国立竞技场等多个奥运场馆，所以连同支流在内接受了集中改造。一直到奥运会召开的昭和三十九年，改造才终于结束。"

"原来涩谷川变成暗渠与奥运会有关呀。"

"是的，这是五十年前的事，离现在并不遥远。在那之前，这条路还是地上河。你知道《春天的小河》吗？"

"是那首童谣吗？"

"是的，童谣《春天的小河》，据说指的就是涩谷川的支流河骨川。在明治末期，这首歌的作词者，文学家高野辰之在河骨川附近生活过，他的家人都与这条河感情很深，他把这些经历写成歌，就成了《春天的小河》。不过这条河骨川在东京奥运会的时候，跟涩谷川遭遇了同样的命运。"

"春天的小河也变成了地下河啊？"

"嗯，奥运会的时候已经变成了下水道，再也没有春天小河的感觉了。"

璃璃子的心情很复杂。过去受惠于水系而发展起来的城市，河流却因人类变成了臭水沟，人们还给河流加上遮盖物隐藏起来。她觉得人们对不起这些河。但是，正是因为如此，城市才得到了发展，人们才因此受益。这也是不可否认的事实。

她究竟是为什么被引导着走了暗渠的轨迹呢？到底是谁在引导？要走到哪里去？她什么都不知道。

"还有，"学长又在身后说道，"你真的是什么都不知道，就走到这里来了吗？"

"嗯，是啊。"

"难以置信。"

但事实就是这样，学长却怎么也不肯相信。面对学长的盘问，她开始反击了。

"我不是说了吗？这个世界上有很多人类认知无法解释的事情，学长你其实也应该能感受得到吧？现实中存在着那样的一个世界……你现在只是不愿意承认罢了，我说得对吗？"

听到这里，学长慢慢地停下了。他一声不吭，静静地看着璃璃子的脸。他是生气了吗？过了一会儿，学长开口了。

"……的确是这样。"

"啊？你承认了吗？"

学长的回答令璃璃子有点意外。按照以往，他都会全力否认的。

"或许你说得对，最近我突然想到一些事情，你说的这个人类认知无法解释的世界，可能真的存在吧。"

璃璃子不禁屏住了呼吸。因为如果学长改变了想法，那她现在面对的这种恐怖的状况，将有很大可能好转。璃璃子又确认了一次。

"学长，你认可我说的啦？另一个世界是存在的。"

学长的脸色没有任何变化，一直盯着璃璃子回答道：

"是啊……"

璃璃子又紧张了一下。

"那是不可能的。"

学长说完,继续往前走去。他瞥了一眼璃璃子,继续说道:"你的做法我已经很清楚了,别想糊弄我。"

璃璃子深深叹了一口气,跟在学长后面往前走去。

走了一阵,路已变得非常开阔。这里是明治路。明治路连接了池袋、新宿、涩谷、麻布等地区,是东京的主干道。山手线的线路与明治路平行,沿线能看到细长形状的公园。那是宫下公园。公园的高度与线路的高架桥相同,一层的部分建成了停车场。

两人穿过人行道,来到了明治路对面。引导着璃璃子的气息变得越来越强。璃璃子被这股强烈的气息吸引,从明治路的人行道走向宫下公园停车场旁边的小路。

路上有几家简易酒馆,跟涩谷的一些小路气氛有些相似。走了一会儿,小路分出了两个岔。左边是通往宫益坂的游步道,而右边的小路上,山手线的铁路横穿而过,能看到从高架下穿过的小铁桥。璃璃子在岔路前停下来,学长在身后说道:"果然如此。"

"嗯?什么意思?"

"太遗憾了,没想到你是这样的人。"

"到底怎么回事啊?"

"你穿过明治路,走的是这条小路。这条路线也是涩谷川的暗渠,这是毫无疑问的事实。现在我们所在位置的地下也有河流经过。涩谷川的暗渠穿过了明治路,从宫下公园旁边的这条小路穿过,流向涩谷站的方向。"

"是吗?"

学长盯着璃璃子看了一会儿。

"你快说实话,这些你已经全都调查过了吧。"

"我没有。"

"你其实知道涩谷川暗渠的路线。你假装不知道,在我面前演戏。对不对?"

"我为什么要那么做啊?"

"这些作为鬼怪杂志的策划,你做得还是不错的。"

学长一边说着,一边慢慢向前走。璃璃子追上去,沿着左边的游步道前进。路的两侧是自行车停车场,停着许多自行车和摩托车。璃璃子只好继续沿着游步道的方向前进。

"这条路也建在涩谷川的暗渠上。如果知道暗渠的路线,就没什么难度了,只要沿着涩谷川往前走就行了。"

学长像是炫耀般地说道。璃璃子当然没有骗他。她其实并不知道涩谷川的事情。而学长还是顽固地认为,并不存在什么超越人类认知的力量。

璃璃子跟在学长后面,走到了游步道的尽头,来到了一处非常熟悉的地方。

这里是涩谷站的东侧。

因为站前的翻修工程,正前方的JR涩谷站和东口巴士总站正在施工。面前横着的一条路上,跑着一些巴士和出租车,人行道上熙熙攘攘。右边是山手线的铁路,前面是忠犬八公像前的人行道交叉口。左边是一个上坡,路边全都是餐饮店。这里就是宫益坂。

"很遗憾,你的企图已经全部被我看穿了。伪造出一种超常现象,对你来说是个挺好的创意,但骗不过我的眼睛。"

璃璃子并不想反驳。学长不信就算了。她走下宫益坂,来到人群密集的人行道上，环顾四周。

"我们来到宫益坂啦。"

"是啊。过去这里也有一条河，还有一座桥，叫宫益桥。"

学长望着过去"宫益桥"所在的这条路。

在涩谷的正中心，竟然有河流和桥。璃璃子看到的是车水马龙的沥青路面和人头攒动的涩谷站前。现在那些痕迹已经无处可寻。

"涩谷是建在谷底的城市，证据就是……看，就在那儿。正好银座线的电车来了。"

学长一边说，一边指着前面。从围满了施工架的涩谷站中，驶出一辆黄色的地铁银座线电车。列车行驶的高架线路从大楼的间隙中穿过。

"银座线虽然是地铁，但在始发站涩谷站附近，却是这样在空中行驶的。这与涩谷的地形有关。银座线涩谷站的站台在三楼，从那里出发的电车，会像冲到了山谷的斜面上一样驶入地下。这充分证明了涩谷站位于低谷的底部。"

"还真是这样。出了涩谷站之后，道玄坂和宫益坂，无论朝哪个方向走，都是上坡。"

"在谷底的这片土地，过去曾有涩谷川和宇田川等很多河流经过。江户时代这一带叫涩谷村，这里的水源和植被很丰富，自然景色很美。"

涩谷竟然曾有多条河流，水资源相当丰富。但是现在璃璃子眼前的涩谷，却是一个建满了高级摩天大楼的现代化都市。

"在东京各地中，涩谷可能是样貌变化最大的了。原本河流众多的谷底，却把河流全部封住后改头换面。今后，涩谷这个地方的样子也会继续变化。"

学长一边说着,一边看了眼被起重机和重型机械包围的涩谷站。

"涩谷川的暗渠,到这里还没结束吧?"

"是的。暗渠从东口的巴士总站下穿过,一直延伸到车站南侧的稻荷桥。从稻荷桥再往前,暗渠就流到了地上。那里是暗渠的入口。"

"暗渠里面能进去吗?"

"在二〇一〇年的翻修工程开始之前,只要有政府的许可,是可以进去的。根据电视节目和博客的记录,有人曾获得过特别许可,进入暗渠里面。不过在两年前,暗渠里进行了水路改造工程,现在已经严禁入内了。"

"这样啊。"

璃璃子往暗渠入口的稻荷桥方向看去。她集中精神,过了一阵,突然开口说:"学长,有句话我得告诉你。"

"怎么了?"

"其实你错了。"

"什么?"

璃璃子指向视线的前方。

"好像不是这边。"

她突然甩起长发,沿着刚才来的路往回走。她又走回带自行车停车场的游步道。学长慌忙追了上去。

"你要去哪里?"

"我们的方向错了。"

"那边可不是涩谷川。"

两人走到游步道的尽头,回到了宫下公园后面的小路上。来到山手线高架桥下的小铁桥和刚才那个岔路口旁,璃璃子停下了脚步，集中精神。

"你不是要沿着涩谷川的暗渠走吗？"

璃璃子没有理会学长，朝着山手线小铁桥的方向走了过去。

宫益桥

　　面前这个声音嘶哑的男人跟母亲到底是什么关系？从样子和声音来判断，他的年龄在六七十岁。这种时候千万不能惊慌。肇沉了沉气，向对峙的男人开口说道：

　　"你好像弄错了，我不是约你出来的那个人。我也收到了一封邮件，让我来这里找他。"

　　"你撒谎。"

　　"我没撒谎。我又不认识你，为什么要约陌生人来这种地方？"

　　男子没有回话，一直盯着他。肇继续说道："撒谎的应该是你吧。"

　　"什么？"

　　"是你给我发的邮件吧？"

　　"别胡说。我也不认识你，你到底是谁？"

　　肇一瞬间沉默了。虽然他也想知道对方是谁，但还是先让步了。

　　"我叫工藤肇。"

　　肇礼貌地自报家门。听到他的名字，男子的眼神突然发生了变化。

　　"工藤肇……这么说你是霞的——？"

"是的,我是工藤霞的儿子。"

"你就是肇啊。"

男子看了一眼肇的脸,像是认可了什么事情一样,点了点头。

"那么……您是?"

男子清了清嗓子,端正姿势后回答道:"我叫日向。"

"你怎么知道我母亲的?"

"我是一名大夫。"

"大夫?大夫怎么会认识我母亲?"

"我是精神科的大夫,十五年前的那件事,我担任了工藤霞的精神鉴定医生。"

"那个时候的……精神科大夫,您为什么会来这里?"

"我不是说了吗,我收到一封邮件,不知道是谁发的……对方说如果想见工藤霞,就必须来这里。"

知道了肇的真实身份后,这个叫日向的男人说话明显含糊起来。他可能在掩饰什么。

"……你跟我母亲是什么关系?"

日向看着肇的眼神显得有些胆怯。

"我是精神鉴定医生,你的母亲是杀人案的被告,仅此而已。"

"那你为什么因为一封邮件就专门来这种地方?一般来讲,收到这种邮件,应该是不予理会或者报警吧?"

听到这里,日向那双布满皱纹的细眼开始飘忽不定起来。他轻轻叹了口气,缓缓地闭上了眼。

"……是啊。好吧,我都告诉你。"

日向开始缓缓地讲述起来。

"我不只是一名鉴定医生,我对当时的被告工藤霞还抱有个人感情。起初是因为同情。因为跟霞接触了几次,我觉得她很可怜。后来审判结束,出了判决结果,我还去监狱看过她几次。我想帮帮她。"

听了日向的话,肇的内心开始翻涌起来。从日向的样子看来,肇预感到他和母亲之间一定有什么超越了医生和被告关系的特殊情况。虽然他并不想听,但还是让日向说了下去。

"霞是一个非常稳重、细致而温柔的女人。我在法庭上的证词里也这么说过,她犯罪的直接动机并不是丈夫的出轨,也不是因为受到多次虐待,她只是为了你,为了保护你。"

日向看着肇的眼神显得有些沉痛。

"事发当时,你还是个小学生。我听说,你每天都受到继父的严重虐待。看到自己心疼的孩子受尽虐待的样子,霞最终忍无可忍,受到了精神刺激,出于冲动用钝器打死了丈夫。她想好好保护你,所以才犯了罪。"

肇不禁眼角涌上一股热泪。对母亲的思念,以及十五年前那段痛苦日子的回忆又浮现在脑海。

"她太可怜了,我不能坐视不管。霞身上那种充满人性的魅力让我动了心。然后,这种同情渐渐变成了爱情。因为她曾是一个美丽的女人。"日向看着远方说道,"刑满释放后,霞期待着能和你继续快乐地生活,但是最终没能实现。"

"我一直非常想跟母亲一起生活,但是继父的亲戚拒绝了,理由是跟杀人犯住在一起太危险了。为了不对我的将来产生影响,他们让我尽可能远离母亲。"

"霞失望极了。因此出狱后不久,她来到了我的身边。但有一天,她离家出走,从那以后就下落不明了。"

肇吃了一惊,这些事情是他第一次听说。

"你跟我母亲一起生活过吗?"

"是的,虽然只有很短的时间……我和霞是真心相爱。这是千真万确的事实。"

隔着口罩,日向用含混的声音坦白道。肇没有说话。他的心情很复杂。母亲有外遇,已经是事实了。而且,对方还是打官司时的精神鉴定医生。

"我拼命寻找霞的下落,用尽了各种办法搜寻她的消息,最终却没有获得任何线索。她失踪十年之后,也就是现在,我收到了那封邮件。"

日向一边说着,一边撩起雨衣下摆,从裤子口袋中取出了翻盖手机。他打开手机,向肇展示着。画面上是那封邮件的文字。

"如果想见工藤霞,九月×日上午八点,来涩谷川的暗渠宫益桥位置。我等你。"

这与肇收到的那封邮件措辞很相似。日向把手机收回口袋,眼睛一直盯着肇说:"现在可以讲讲你的事了吧。"

轮到肇说话了。他简要说明了自己来到这里的前因后果。他在商社工作,就快要结婚了。就在要探寻母亲下落的时候,他收到了这封邮件。介绍完后,日向冷静地说道:"这么说,我们是被人叫到这里,故意安排碰面的。"

"看来是这样。"

两人一时沉默了。顶盖传来地上汽车驶过的震动声。肇心想,不知为何,他此时竟然和曾经是母亲外遇对象的老人在封闭的黑暗空间中对峙。这种奇怪的感觉是难以描述的。

"发信人为什么让我们来涩谷川的暗渠呢?"

"是啊……肯定是有什么线索。"

日向盯着肇说。

"有首童谣叫《春天的小河》,据说唱的就是这条涩谷川的支流。霞就是在那条叫河骨川的支流附近出生长大的。"

"我母亲确实是在代代木附近出生的。"

"就是在河骨川那一带。现在已经变成了暗渠,跟涩谷川一样,藏在了地下。"

"我想起来了,小时候母亲经常给我唱歌。唱的就是《春天的小河》。"

"嗯,霞在中学的时候,父母因为事故去世了。她始终记得在河骨川与家人的快乐时光。在她还小的时候,河骨川就已经变成暗渠了。她的父亲当时十分难过。"

"是吗?"

"你出生的时候,你母亲想起了小时候关于家庭的记忆。霞忘不了那些与已逝亲人的回忆,还有与你这个唯一的儿子共同生活的幸福。"

"我想起来了。小时候母亲经常说,自己见过真正的'春天的小河'。它就在我出生长大的地方。"

母亲的歌声再次浮现,那正是《春天的小河》。

"春天的小河,哗啦哗啦流淌。紫色的小花,白色的小花,静静在岸边开放。花的香味,多么醉人,花的颜色多漂亮。它们像在静静地,开放。"

母亲在水边玩耍,脸上带着美丽的笑容。肇的脑海中浮现出跟着母亲去河边玩耍时的记忆。当然,那并不是河骨川。

肇回过神来,时间已经过了八点三十分。他进入暗渠已接近一个小时。可能是习惯了,周围的臭味变得不再那么刺鼻。现在离指定时间已经过去了三十多分钟,那个约他们过来的人还没有任何要现身的迹象。

肇觉得这个叫日向的男人应该确实给母亲做过精神鉴定。他知道很多母亲和自己的个人信息。而这些信息是旁人难以了解的。他应该是真的和母亲一起生活过吧。

即便如此，肇还是不能信任他。作为医生，跟接受精神鉴定的被告人发生关系并非寻常之事，他却毫不犹豫地告诉了被告的儿子。无论如何，这都让人感觉不对劲。这个人可能还是在说谎。必须要让他说实话了。

"谢谢你告诉我这么多事情，但我还是无法相信这些。恐怕你还是在撒谎。"

"我撒谎？"

"对，给我发邮件的人就是你吧？"

听到这里，日向睁大了眼睛。

"哎，你还在怀疑我吗？"

"离约定的时间都过去半个多小时了，并没有其他人过来，所以，也只可能是你把我叫出来的。"

"我可是把一切都告诉你了。"

肇本以为他会像刚才那样慌张，但日向却出奇地冷静。

"对，听了你的话之后我更确定了，你就是那个发信人。"

"你有什么证据吗？"

"我没有证据。但一开始你听到我的名字叫工藤肇，却一点都没有怀疑。如果你真是被别人约到这里，应该会想确认我到底是不是工藤霞的儿子。比如让我摘掉口罩，或者看看我的证件。但你并没有这么做，因为你知道工藤肇会来这里。"

"你如果这么怀疑的话，我再给你看一下邮件吧。"

日向撩起雨衣，正要把手伸到口袋里。

"没用的，邮件这种东西很容易伪造，并不能作为证据。"

他似乎放弃了，手停了下来。

"看来我说得没错。"

肇用挑衅的眼神看着日向,观察他的反应。日向嘴上的白色口罩微微膨胀起来,似乎是在笑。

"好吧。你说得确实没错,给你发邮件的人就是我。"

不知为何,他似乎没能忍住笑意。肇始终盯着他,继续问道:

"你为什么要骗我?"

"实在不好意思,我是在测试你。我想知道你是什么样的人。如果我直接说邮件是我发的,你肯定马上会问'我的母亲在哪里''为什么约我来这里'这样的问题,那就不能慢慢听你说话了。所以我假装自己也是被约到这里,先试探下你的情况。不愧是霞的儿子,你是一个既聪明又诚实的孩子。"

日向一直在笑。肇感到非常气愤,说道:"我没法相信你。你骗了我,而且你作为精神科医生,和被告人发生了不正当的关系。你说吧,究竟为什么要约我来这里?"

日向没有回答,他依然在笑。

"我很认真的。你严肃点,把事情说清楚。"

肇第一次语气变得严厉起来。日向终于不再笑了。肇继续说道:"刚才你说,母亲失踪是在你跟她住在一起的时候,从那以后,母亲就失去了消息。日向先生,你一定跟我母亲失踪有某种关系,她怎么样了?你到底有什么目的?"

日向似乎有些无奈地耸了耸肩。他缓了一下,回答道:"你好像误会得很深,我的意思在邮件里写得很明白了。霞想见你,所以我把你叫到了这里。没有别的意思。"

"那我母亲到底在哪儿?"

"就在这条暗渠里,她在等你。"

肇觉得自己认真地跟他对话显得很蠢,母亲不可能在这种地方。

"不好意思,我欺骗了你。请你原谅。我只是想了解一下你这个人。真的,请相信我。我只是希望你和霞都能幸福。因为我已经下定决心,把这辈子都献给她。不好意思,我净说这些冠冕堂皇的话。好了,我们走吧,去见你母亲。"

日向一边说着,一边缓缓往前走去。

显然这个男人的言行并不可信。他究竟想干什么?是不是精神不正常了?或者有什么其他目的?肇有可能会受到生命威胁吗?

但是,他觉得现在不能选择回家。日向是与十年来杳无音信的母亲有关的第一个线索,他很可能知道一些重要的事情。

何况,日向已经是个年老体衰的人。无论体格还是年纪,都是肇占上风。即便发生什么情况,自己应该也不会输给他,不妨先看看他葫芦里卖的什么药。

"快点吧,霞正在等你呢。"

日向站在白色帘子前,催促着肇。橡胶帘子把暗渠的路遮得严严实实。他掀开帘子上做成出入口的缝隙处,钻了进去。肇跟在他的后面。

一进到里面,肇立刻用手捂在口罩上,压住口鼻。这里比刚才走过的地方恶劣得多。空气里充满了令人作呕的臭味。肇忍耐着向深处走去。

帘子的后面也是暗渠。肇跟在日向后面,在黑暗中慢慢前进。他非常谨慎,用手电筒照亮周围。西洋风格的拱形石头一直延伸到远处。与前面走过的暗渠相比,里面的构造显得更加陈旧。两人沿着几乎没有水的暗渠逆流而上,往上游方向走去。

日向弯着并不高大的脊背,走在稍稍靠前的位置。肩上的背包显得格外的大。他似乎也忍耐不了臭味，一直用右手捂着嘴。

肇一边走着，一边跟日向说话。

"我真的能见到母亲吗？"

日向没有回头，回答道："嗯，霞正在等你，快走吧。"

走了一阵，两人来到了暗渠的一处分岔口。两条河在这里交汇。日向停了下来，背对着肇说道："右边是通往涩谷川上游的路，左边是宇田川。"

"宇田川？"

"对，宇田川是涩谷川的支流。"

日向说完，走进了左侧的黑暗之中。那是宇田川暗渠的路。肇跟在后面。

两人在黑暗中走了一阵。不知道现在地面上对应的是哪里。肇想起来，涩谷中心街的名字叫宇田川町。那么，现在他们是不是在中心街附近的地下呢？他之前并不知道，宇田川这条河原来真的存在。

在视线的前方，被混凝土包围的黑暗空间没有尽头。日向并没有停下来的意思，一直往前走着。

这个男人想把他带到哪里去？肇觉得自己听信他的话，可能并不会得到什么结果。看着日向的背影，他开始觉得莫名气愤。

他究竟有什么目的？到底想怎么样？我不如从后面掐住他的脖子，逼他招供吧。这样还能快一些。

肇下了决心。他从后面看准时机，正想扑上去。就在这时……

突然，周围的景色开始变形。肇变得意识模糊，浑身无力。他甚至已经站不稳了。

他的膝盖弯了下来，整个人倒在水中。

就在这时，日向转过头来。他的嘴上戴着一个黑色的物体，似乎是口罩。上面连着一根管子，一直通到双肩包里。那是氧气口罩。这时肇才反应过来，从走到帘子后面开始，日向就一直戴着它……

他被算计了。就在醒悟的一瞬间，肇在黑暗中失去了意识。

宇田川

涩谷站后面的小路。

穿过铁道线路下的小铁桥,璃璃子感到身体颤了一下,身上起了鸡皮疙瘩。

这是她第一次感受到支配着她的这股力量似乎是某个人的意志。自己正被某个人强烈的意志和精神所吸引……璃璃子确信,这股强大力量的主人,就在前面。

穿过铁桥后走了一会儿,两人来到一条行人众多的路上。这里能看到西武百货店前的交叉路口。一片熙熙攘攘之中,行人们在等信号灯。这股力量是从交叉口对面传来的。直行走过路口就是井之头路,前面是宇田川警察岗亭。

璃璃子在信号灯前停下,学长突然开口说话。

"原来如此,是这样啊。"

"嗯?怎么了?"

"刚才经过的分岔口是涩谷川和宇田川的交汇处,现在你走的这条路,是宇田川暗渠的正上方。"

"宇田川?"

"对。宇田川是涩谷川的一条支流,从刚才的分岔路往前,就是建在宇田川暗渠上面的路,前面的井之头路也是如此。"

信号灯变绿,人群一起动了起来。两人走过人行横道,向井之头路的方向走去。在路口的前面，是通过走廊连在一起的西武百货店 A 座和 B 座。

"这个路口下面也有暗渠。西武百货的地下通道没有连在一起，就是因为这两栋楼下面刚好有暗渠流过。"

"原来如此。就连涩谷的正中心，以前都有河流经过呀。"

"准确地说，并不是河流经过这里。这跟涩谷川的情况不太一样。"

"什么意思？"

"起初宇田川并不经过这条井之头路，而是流经更靠近车站的地方。跟涩谷川交汇的地方，其实是现在忠犬八公像前面的人行道路口附近。宇田川的河道很窄，蜿蜒曲折。每到暴雨的时候，河流泛滥，涩谷站周边就会发生很严重的水患。昭和八年，宇田川进行了大规模改造，建成了新河道。与涩谷川的交汇地点，也从站前移到了刚才的自行车停车场，挪动了九十米的距离。新河道沿着这条井之头路的方向流淌。为了防止泛滥，新河道一开始就建成了暗渠。"

两人走过路口，进入井之头路。璃璃子每走一步，感觉就更强烈一些。她浑身的汗毛一直竖立着。

两人与成群的年轻人擦肩而过，继续在这条商业街上走着。路两旁都是些居酒屋和卡拉 OK 店。这里是涩谷中心街。

"那宇田川的旧河道，后来怎么样了？"

"有段时间被用作了下水道，在战后重建时变成了暗渠。在曾经是河道的土地上，涩谷站前的城市建设不断发展，变成了现在的样子。现在，宇田川的暗渠依然存在，从站前的人行道路口，穿过一〇九附近，流经涩谷中心街的地下。"

"这样啊，地上已经完全没有河流的痕迹了吧。"

"是的。只有'宇田川町'这个名字留了下来。"

璃璃子从没听说过，中心街的地下竟然有条河。就在这条充斥着涩谷系、街头系、GAL男①和御宅族等大批年轻人的中心街，地下竟然藏着一条暗渠。这事恐怕谁也不知道吧。

"你是怎么想的？为什么不走涩谷川，而是改成沿着宇田川的暗渠走呢？"

"我不是说了吗，这不是我决定的。"

沿着井之头路走了一阵，两人来到了宇田川警察岗亭前。岗亭建在中心街的三角地带，璃璃子对这里十分熟悉。以岗亭为界，左右两边分出了两条路。右手边是热闹的井之头街。左手边是一条小路，藏于繁华的商业街间。

璃璃子不禁停了下来。刚才令她身体发抖的感觉变得更加强烈了，她几乎是被吸引着朝左边的小路走了过去。走了一会儿，学长从身后说道：

"你为什么选这条路？"

"这条路上的气息更强。"

学长用冷静的声音对璃璃子说："果然你还是知道啊，不然是怎么回事呢？"

"真的不是啊。"

"不要撒谎。"

"我没有撒谎，真的。"

学长竟然还在怀疑她。她竟然完全没能取得学长的信任，璃璃子感到很焦躁。再加上离那股力量越来越近，精神紧张，情绪不禁涌了上来。她没能控制住，停下脚步盯着学长说："你不

---

① "一〇九辣妹"的男性版，一般指皮肤为小麦色，眉毛细长，画着夸张妆容的男性，也叫"烤肉哥"（GAL-O）。

相信我就算了。我又不是因为喜欢才干这件事。我只是，我只是……"

璃璃子的眼角涌上了一股热流。她不想让学长看到自己哭哭啼啼的样子，拼命忍住眼泪说道："我需要帮一个人……仅此而已。"

璃璃子的视线从学长身上移开，学长一言不发。

涩谷的小路。

两人一言不发地站在这里。过了一阵，学长开口了。

"那个……对不起啊。"

学长说着，露出了生硬的笑容。璃璃子吃了一惊。学长平时基本没有笑过。她莫名地感到一阵悲伤。

璃璃子再次向前走去，她为自己没控制住情绪感到羞愧。两人一言不发，继续沿着商业街的小路往前走。过了一阵，璃璃子说道："学长，那个……"

"怎么了？"

"……对不起。你告诉我这么多信息，我还……"

"没关系，我是出于兴趣才来的。"

"谢谢。那个……学长。"

"怎么了？"

"我能问你一件事情吗？"

"嗯。"

"我们现在还在暗渠的上面吗？"

"是的，这条路就是盖住了宇田川暗渠的路。从这个岗亭往前的大路下面，就没有河流了。地下有宇田川暗渠的，就是你选的这条路。"

果真如此……

越是沿着小路向前，引导璃璃子的力量就越强烈。她全身在不住地颤抖，这股力量是她从未感受过的。

"所以刚才你选这条路的时候，我挺吃惊的。昭和八年新修的宇田川河道，到刚才的岗亭就截止了。再往上游，就是宇田川本来的河道。我们现在正沿着宇田川本来的河道往上游走。"

在沥青路面下方，暗渠如迷宫一般纵横交错。绝大多数住在东京的人并不知道这个事情。

这里过去有着丰富的水源，人们也因此受益。但随着城市的发展，这些河流变成了水沟，被藏到了地下。而人们似乎已经把它们忘记，仿佛这些河流不曾存在。

如果这些河流有生命……

璃璃子感觉到，自己似乎是被隐藏在幽深黑暗之中的复仇之念引导着。

他们离涩谷中心地区越来越远，街上的人和店铺也越来越少。小路弯弯曲曲地在高楼大厦的缝隙间延伸，令人感受到宇田川的蜿蜒曲折。

璃璃子感到很痛苦。她几乎要喘不过气来了……她被这种异常的感觉支配，浑身发抖。但她只能继续前进。马上就要到了，就在这附近。

学长突然开口说话了。

"沿着宇田川往上游走，能到达那条河骨川，也就是《春天的小河》的所在地。"

河水潺潺流淌的声音。

这是他怀念的那个人的声音。在记忆的深处。在封闭的黑暗中。已经再也回不去了。内心的忏悔与悔恨。母亲的歌声。流动的河水。怀念的歌声。春天的小河……

黑暗。

"你醒了。"

刺眼的光线直击肇的视网膜。他想伸手遮挡，却发现四肢不听使唤。他只能眯起眼，努力看向前方。日向拿着手电，白色的口罩遮住了半张脸，正在看着自己。

这是哪里？周围是一片黑暗。隐约能听到河流的声音，或许还在暗渠里吧。肇仍然感到意识模糊。他浑身湿透了。到底发生了什么？对了，他倒在了水里。在暗渠中行走的时候，他感到非常痛苦，丧失了记忆。

日向的口罩鼓鼓囊囊地动了起来。

"太危险了。这一带还残留有硫化氢等气体。之所以用帘子遮住，就是为了防止有害气体和臭味扩散出来。"

刚才日向的嘴上还有氧气面罩，但现在已经没有了。他知道这里充满了有毒气体，却只给自己准备了面罩。

"这里已经很安全了。"

"你是在骗我吗？"

"不是的。"

"那这是怎么回事？"

肇说完扭动了一下身体。他的双手被绳子绑在了身后。那是一种用于捆扎包裹的黑色尼龙绳。他的脚踝和大腿也被牢牢捆住，身体完全动弹不得。

"你这样对我，究竟想干什么？"

日向没有回答。他冷静地看着肇，好像在观察什么东西一样。肇大声喊道："赶紧给我解开！快点！"

日向面不改色，一直沉默着。

"你到底想干什么？想杀了我吗？"

日向慢慢地摇了摇头。

"怎么会，我不会这么做的。"

"那你为什么要这样？你的目的是什么？"

"我说过了，我是为了让你和你母亲见面……"

肇大喊一声，打断了日向的话。

"你别胡说了！我母亲怎么会在这里？"

肇的声音在暗渠中回响，但日向仍然一动不动。

"你说实话，你把我母亲怎么了？你对她做了什么？"

"我什么也没做。"

"别撒谎了。这种事情我不想提，也不想说，就连想也不愿意想。但是你一连串的行为并不正常，刚才你提到的对我母亲的感情，是一种执迷不悟的偏执的爱。你快交代吧，是你输了。"

"你是什么意思？"

"是你杀了我母亲吧？"

"我杀了你母亲？你有什么证据吗？"

"你刚才说的一句话就是证据。"

"什么话？"

"你在讲对我母亲的感情时，是这么说的，'她曾是一个美丽的女人'。为什么要用过去式？"

日向没有回答，依旧用平静的目光看着肇。

"你知道我母亲已经不在人世了。快交代吧，你到底对她做了什么？"

"你说我用了过去式，就代表我知道你母亲去世了。这是经不起推敲的。这种过去式的说法很常用啊。"

日向一边说着，一边伸出食指，像大学老师讲课一样讲了起来。

"假设是我杀了霞，那我为什么要把你叫到这种地方来呢？如果是你掌握了什么证据，那另当别论，那样的话有必要灭口。但是我跟你今天是头一次见面，没错吧？就算我真的杀了霞，也没必要把你叫到这里来。"

"一个不正常的人，他的所作所为根本不需要什么理由。如果非要说的话，那就是你对我母亲怀有扭曲的爱情。母亲很厌恶这种偏执的爱，多次拒绝了你。你的精神开始走向极端。你甚至想让拒绝自己的人从这个世界上消失。于是你杀害了她。然而你并没有满足，你想让那个受到她宠爱的人也一起消失。于是你把我叫到了这里。怎么样，我猜对了吧？"

"你的话太难听了，而且并没有回答我的问题。"日向遗憾地摇摇头，继续说道，"刚才听你的意思，你是希望母亲去世啊。"

"嗯？"

"我都知道的，所有的一切。"

"什么意思？"

"来，你自己坦白罪行吧。你究竟对霞做了什么？"

"你在说什么……"日向盯着肇的脸说道，"是你杀了你母亲吧？"

"我？你别胡扯！"

肇想要打他一顿。但是他的手脚被绑得结结实实，根本无法接近对方。

"如果你自己说不出来，那我替你说吧。"

"混蛋！你都知道些什么？"

"看到我发的邮件后，你大吃一惊，吓得直哆嗦。'见到母亲'是实现不了的,因为她已经不在人世了……而最清楚这一点的,正是你。"

"不是这样的!"

"你是这样想的:发这封邮件的人,到底想干什么?对于你所做的这些恶魔般的行为,他知道多少?你必须要确认清楚,所以才来到了这条地下暗渠。"

"我说了不是这样的!"

"刚才你是怎么跟我说的?如果是收到了可疑的邮件,那为什么还要来这里?按常理应该是报警吧。我想把这句话原原本本地还给你。"

"那是因为……"

"霞刑满释放后,你杀害了她。详细的过程我并不知道。但至少对你来说,一个杀人犯母亲会对你的将来产生不利影响。所以你为了掩人耳目杀害了她,把尸体藏了起来。然后,你就一直假扮成遭遇了不幸的可怜孩子。你接受了亲戚的援助,若无其事地考进大学,然后进入一流商社工作。据说,你的女朋友是商社高层的女儿啊。你如今是一个前途无量的商社精英。至于过去的罪行,你不想再被人提起。所以,你才来到了这里。"

"你瞎说什么?我没有杀害母亲。我敢对天发誓。这十年间,我一直想念着她,一直祈祷着能见到她。我的感受绝没有半点虚假。"

肇拼命地予以反驳。日向默不作声,在旁边听着。

"你懂什么?我爱我的母亲,我真的爱她。"

肇的眼睛湿润了,泪水夺眶而出。他吸了吸鼻涕,开始哭了起来。日向一直静静地盯着肇。过了一会儿,口罩后面的嘴巴静静地动了一下。

"真的吗?"

肇没有回答,他一直在哭。

"你真的这么想吗?"

肇一边哽咽着,一边挤出了一句话。

"真的。"

"没有半点虚假吗?"

"当然,我爱我的母亲。我不会杀她的。"

肇没有说谎。他是无法对母亲下手的。他不甘心。眼泪一直停不下来。

"是吗……把你当成犯人对待,我很抱歉。我是为了测试你的真心。请你原谅。"

肇抬起头,含泪看着他。

"什么意思?"

"我是想测试你对你母亲的感情。好了,现在进入正题……你能告诉我事实了吧?"

"事实?"

"对。"

日向用犀利的目光盯着肇,肇的视线有些飘忽。

"能说了吧?"

肇脱口而出:"……你问过我母亲了吗?"

日向没有说话,点了点头。

这个人究竟知道多少?可能已经瞒不住了。肇开始说了起来。

"我有多少次试着忘记,但是我忘不了。有时突然就会想起来。我曾试着想象,那一定是梦里的事情。但那却是现实……"

肇小声说道:"我确实杀了人。"

听到这里,日向依然不动声色。他静静地看着肇。肇开始细细地讲述,那个直到今天都一直封存在他心底的恐怖一幕。

"我当时已经受不了跟那个男人一起生活了……我忍受住了他对我的暴力,只要咬紧牙关就能挺过去。但我无法忍受他对母亲的所作所为。那天,那个家伙又当着我的面打了母亲,还扬扬得意。对他来说,殴打女人和孩子是最好的娱乐。他是个卑鄙无耻的人,我无法原谅他。当时我被怒气冲昏了头,没能控制住,条件反射地拿起架子上的花瓶,砸在了他的头上。那是一个非常重的金属花瓶,是他最喜欢的古董。他当时倒在地上呻吟,我往他头上反复砸了很多下,不知何时,他就一动不动了。"

"你的继父肯定也没想到,自己会被一个小学五年级的孩子杀死。"

"那个家伙死掉,我觉得舒服多了。就算我去蹲监狱,或者被判死刑,也心甘情愿。但是……"

"是霞替你承担了罪行吧。"

肇微微点了下头。

"母亲考虑到我的将来,替我承担了罪行,她说让我忘记这一切,这是我们两人之间的秘密……"

肇说到这里,静静地闭上了眼。

这时,远处传来了水滴落在水面的声音。

水声在黑暗中一直回响。

日向静静地听着肇的话。片刻后,遮上口罩的嘴巴开始动了起来。

"谢谢你跟我说实话。我只说一点,霞遵守了与你的约定,这件事,她连我也没有告诉。"

"但你刚才说,是从母亲那儿听到的。"

"不,我从她那里什么都没有听说。做精神鉴定的时候,我就注意到了，霞很可能是在包庇谁。她不是那种会杀人的人。"

"你又骗我。"

"是的，不好意思。"

肇深深叹了口气，看着日向说："现在可以了吧。你究竟要干什么？如果是让我认罪，证明我母亲的清白，那你应该满足了吧。"

"还没完，你还犯了一个重罪。"

"什么？"

"比起杀人，你的另一起罪行更让我不能原谅。"

"什么意思？"

"霞刑满出狱以后，你拒绝与她相认。"

"没有这回事！"

"霞想跟过去一样与你生活，但你没有答应。你拒绝了你的母亲。"

"不是的，那是收养我的亲戚……"

"不，你自己也已经疏远了霞。你的人生已经不需要母亲了。而且她还有前科。"

"不是这样的……"

"那你为什么不愿意跟母亲一起住？就算亲戚反对，但当时你已经是高中生了，能够发表自己的意见。但你最终以亲戚反对为理由，拒绝了你母亲……她可是一直在等你，等你回到她身边……"

"不是的！我对母亲……"

远方又传来了滴水的声音。

"你抛弃了母亲。她为了救你甚至给你顶罪……她失踪也是因为你。被最爱的儿子抛弃后，她失去了一切。渐渐地，她的精神状态变得不稳定，某一天突然就消失了。"

"不是的……"

"你抛弃了母亲，得到了精彩的人生。所以，看到我的邮件后，你吓了一跳。如果现在杀人犯母亲再回来，会很麻烦。你是这么想的，所以才来了这里。我说的没错吧？"

"不是。我刚才说了，我爱我的母亲。这十年间，我一直在思念她。"

"真的吗？"

"确实，亲戚阻止我见母亲的时候，我确实应该坚定地说出自己的意见。可能我心里真的被对未来的预期困扰。从结果来看，可能确实是我拒绝了母亲……所以，我感到无比自责。哪怕只有一瞬间那么想过，我也无法原谅自己。对不起……对不起，妈妈……"

肇的双眼再次流出了眼泪，泪水顺着脸颊淌了下来。

"你对母亲的感情是真的吗？"

肇哭得像个孩子，回答道："是真的。我……爱我的母亲。"

"我再问一遍，你爱你的母亲吗？"

"……是的，我爱。"

日向似乎松了口气，重重地点了点头。

"好的。霞听了这句话，也会很高兴的。"

"嗯？"

"我说过，你的母亲想见你。"

噼啪，噼啪……

又是滴水的声音。日向的背后，断断续续地传来了滴水声。

"我一直在拼命寻找霞，终于找到她了。她就在这条暗渠里。"

"在这条暗渠里？怎么可能？"

"不过即便还活着，她也已经没救了。霞在精神错乱的状态下寻找自杀的地方，来到了这条暗渠。她是为了寻找和家人回忆中的'春天的小河'。但是，她当时并没有死……"

"没有死……那我母亲……"

"当然了，霞还活着。"

噼啪……

噼啪，噼啪……

水滴声越来越大了。有人在靠近。

"无论我怎么劝，她都不肯出去。她已经在这片黑暗里生活了很多年了。"

在日向身后，水滴落的声音非常大。那个人已经走到跟前了。日向往后退了一步，她露出了真面目。

那已经不是人的模样了。

她极度瘦弱，仿佛全身的肉都被削掉了，像是被皮包住的一副骸骨。她的皮肤已经没有颜色，紫色的毛细血管暴露出来。头发基本已经掉光，青白色的头皮露在外面。

她慢慢地朝这边走过来。

肇拼命地挣扎，但他的手脚被捆得结结实实，根本动弹不得。

日向似乎很开心地看着这一切。

她把脸凑到了肇的面前，用灰色的眼睛看着他。她的瞳孔已经没有了颜色，裸露出下颚骨骼的下嘴唇微微地动了起来："我……儿……子……"

她从喉咙深处发出了呜咽般的声音，伸出木乃伊般的双手，抱住了自己的儿子。

"不要……再……离开……我……"

地下的黑暗迷宫中，回响着肇的惨叫声。而他的声音，地上的人完全听不见……

一瞬间，璃璃子浑身汗毛倒竖。

她呼吸困难，双腿瑟瑟发抖，已经站不稳了。璃璃子捂住胸口，蹲在了地上。

"你没事吧？"

学长从身后问道。

"嗯……我没事。不好意思。"

璃璃子勉强回答道。

引导着她的那股力量，已经达到了极限。

这时，璃璃子明白了。这可能并不是她要在东京寻找的东西……

因为，这股强烈的气息并不是令人恐惧的怨恨、诅咒或者恶念，而是一种似乎带着悲痛的信念。

一种被深深封闭在黑暗中的、近乎疯狂的执念——

她不知道，这股强烈的信念是来自现在，还是过去。甚至不知道，信念的主人是否还活着……

她唯一能确定的是，在这座城市下方，被封闭起来的暗渠深处，飘荡着一股近乎疯狂的执念。

港区之女 ————

港区

港区位于东京的东南部，东侧临东京湾。

港区拥有大量大型企业总部和外资企业的日本分公司，发挥着日本商业中心的作用。赤坂和六本木有大规模的闹市区，麻布、白金有高级住宅区，汐留、台场有东京湾沿岸开发区。

江户时代，这里建造了许多大名诸侯的宅邸和寺院、神社等，明治以后，这些土地多被征用为军用土地或外国使馆区。

台场

"您知道'御台场'这个名字,为什么要在台场前面加一个'御'字吗?"

乾航平听到司机的话,缓缓睁开了眼。

不知何时,他在车上睡了过去。

此时已是深夜十二点多。一瞬间,他有些分辨不清这是哪里。向车窗外看去,东京湾的灯光依稀可辨。有水滴沿着车窗流下来,不知何时开始下起了雨。十月本应是雨水稀少的时期,但是今年似乎很反常。

航平乘的出租车在彩虹桥上飞驰。彩虹桥是双层结构,上层是连接芝浦和台场的首都高速十一号线,下层是百合海鸥号(东京临海线)的轨道和免费的普通公路。

"您知道吗?为什么台场要加个'御'字?"

航平非常疲倦,本来不想理会,但司机仍坚持在问。

"我不知道。"

航平勉强回答道。他觉得被问个没完没了实在很烦。听到他回答,司机高兴地接着说:"那您应该知道台场这个名字是怎么来的吧?"

"台场指的是那个……过去这里有大炮的炮台。"

"是的,您知道得真多。"

司机的话匣子就像大坝决堤了一般打开了。

"台场建成是在江户的幕末时期。马修·佩里的黑船强迫日本打开国门，幕府被吓得够呛，于是计划在品川海岸设置十一门大炮，建了这座炮台场。当时把高轮的第八山和御殿山削平，用这些土填海造陆造出了地基。工期赶得很急，仅仅一年三个月时间，就做了六门大炮。但是还没等这些炮投入使用，日本就门户大开了，于是原计划就这样终止了。"

"那……台场前面为什么加'御'字呢？"

"哦对了，台场前面加'御'字，是因为炮台场是幕府的设施。就跟'城堡'和'大人'一样。①'御茶水'这个名字带'御'字，是因为那里有过去将军泡茶用的上等泉水的泉眼。江户时期，凡是幕府直辖的组织或设施，为了向将军表示敬意，名字前面都会习惯加个'御'字。所以幕末时期从荷兰进口的军舰，好像也叫'御军舰'。"

航平向车窗外瞥了一眼。雨还在淅淅沥沥地下着。漆黑海面的对岸，隐约能看到台场的夜景。电视台大楼的灯已经点亮，以它为中心，可以望见高层建筑和工厂的灯光。

航平的脑海中突然浮现出一番景象。

明灭的灯光，赤红的火团。这些火光发散出无数的小光团，四散开来。对了。这是刚才梦里的场景。那个难忘的梦……

"说起来，我得谢谢您坐我的车。今天我闲得很，客人真的很少。在我们这行里，把客人少的情况叫'inkachi'。您知道是为什么吗？"

"不知道。"

---

① "御台场"的"御"字发音为"o"，此处的"城堡""大人"等词，日文中也都有"御"字，发音也为"o"。

"在类似花札①的游戏里，运气特别不好的时候叫作'inketsu'。'inkachi'这个说法应该是从这里来的。另外，那些意见特别多的客人，我们叫'negi'。"

"negi？"

"这是从京都的九条葱②谐音得来的。您明白吗？'意见'和'九条'是谐音③。那么，黑社会的客人，我们叫'二十'，您觉得是为什么？"

"我不懂。"

"很简单。黑社会能用数字表示成'八九三'④，八加九再加三等于多少？"

"啊……是二十。"

"说起来真是得谢谢您。没想到在这个时间，码头旁边还能接到客人。您在那边做什么呢？"

"我的办公室就在附近，一直在加班。"

航平经营着一家IT企业。因为公司新开发的游戏热卖，几年前在台场的办公大楼里新建了事务所。

"哇，那您这个时间去六本木之丘，是不是住在那里啊？"

"嗯，算是吧。"

"那您太厉害了。您是'HILLS一族'⑤啊。"

"啊，这其实没什么。住在那儿的人都不会这么说。只是媒

---

①花札是日本的一种桌面纸牌游戏，起源于日本安土桃山时代。
②九条葱，又称四季葱、日本葱等。传入日本后，主要在京都市南区的九条附近种植，所以叫九条葱。日语中葱的发音为"negi"，九条葱发音为"kujyonegi"。
③这里的"意见"（苦情）和"九条"在日文中是同音词，发音均为"kujyo"。
④此处的"黑社会"一词对应的日语发音为"yakuza"。而日语中数字八、九、三分别有ya、ku、san的读法，连起来后与yakuza的读法类似。
⑤六本木之丘即六本木新城，是日本著名的旧城改造、城市综合体的代表项目。"HILLS一族"指的是将公司总部设在六本木之丘的企业经营者，或住在六本木之丘高级住宅中的人士。

体胡乱起的名字罢了。"

"您是不是自己开公司啊?"

司机的声音有些兴奋。

"我说对了吧。我看见您的时候,就觉得您虽然比我年轻,但肯定是个了不起的人。我之前也是工薪阶层,但一直跟升官发财没什么缘分。只想着踏踏实实工作肯定没错,但公司却倒闭了,在五十多岁干起了这个行当……"

司机一直自顾自地说着。仪表盘上贴着的驾驶员证并没有写年龄,但他看上去的确是五六十岁的样子,估计比航平大二十多岁。他的性格还不错。

航平有些困倦,但也不好意思打断他的话。他一言不发,静静地听司机说。

"……啊,不好意思。我说这些挺无聊的吧,我还越说越带劲了。"

"没事的,您说吧。"

航平累得着实不轻。工作上棘手的问题不断,最近他都没有好好休息过。他打算一会儿回到家,洗个热水澡就睡觉。他想忘记一切烦心事,美美地睡上一觉……他看了一眼窗外。透过被雨点打湿的玻璃窗,漆黑海水中浮动的台场灯光正在渐渐远去。

"说起来可真是够厉害的。这一带原本都是海,人们围着炮台场造出了这么大一块陆地,还修了这么厉害的桥……要是江户时代的人看到这些,肯定会吓一跳吧。"

司机依然在喋喋不休。

"另外,台场在二十年前还是一片空地,叫十三号填拓地,当时谁都不愿意来这里。台场之所以横跨港区、品川区和江东区三个区,也是因为不好管理、三方互相推诿。不过现在发展成这样，给各个区都带来了相当多的收入。光是法人税，恐怕就是个天文数字。真是塞翁失马，焉知非福啊。"

驶过彩虹桥之后，出租车开进芝浦的仓库街。穿过第一京滨公路，往三田的方向驶去。白天堵车非常严重的线路，这个时间已经空空荡荡。

司机又跟航平搭话道："您是一个人住吗？"

"嗯……"

"您的家人呢？"

"啊……我有妻子和一个孩子。"

"果然是这样……您孩子多大了？"

"七岁了。"

"是男孩子吧。"

"嗯，是的……您为什么问这些？"

"刚才他们不在吧。"

"嗯？哪里？"

"您上车的时候。您后面跟着的，是您的妻子和孩子吗？"

"啊？没有啊。"

"嗯？是吗？我记得您身后有位女士，还拉着一个小男孩。我还以为他们会一起上车呢。"

航平笑着回答道："我的妻子孩子，这个时间早睡下了。是您看错了吧？"

"……是吗？不好意思……有时候确实会看错。实在不好意思。"

司机说完，终于安静了下来。

仙台坂

雨似乎已经停了。出租车在三田驶进了盖满高楼的芝公园办公街，正前方的东京塔近在眼前。

车子经过澳大利亚大使馆，进入首都高速公路目黑线的高架桥。从二之桥路口驶出，穿过麻布十号住宅区的小路。这条路是通往外苑西路的西麻布一带的近路。

"一提到港区，人们往往想到的都是麻布、赤坂、六本木这些非常华丽的地方，但在过去，这里可是人迹罕至的深山地区。"

司机又开始说了起来。航平有点犯困，时不时地回应一下，司机的话完全没有听进去。

"……这里是武藏野台地靠海的一侧，是二十三区里地形起伏变化最大的地方，所以坡路特别多。鸟居坂、乃木坂、芋洗坂、暗黑坂、新富士见坂、鼠坂……多得数也数不清。"

马路变成了单行单车道的缓坡，路的两旁全都是已经关门的商店和时髦的咖啡厅。

信号灯路口的标志上，写着"仙台坂下"的字样。

"现在走的这条坡路叫仙台坂，在江户时代，这里有仙台藩的别墅，所以起名叫仙台坂。这条路还有一个别名，您觉得叫什么？"

"我不知道。"

"这条路俗称……幽灵坂。"

"幽灵坂？"

"是的。据说在这里走，地面上会伸出手来抓住行人的腿，有人还见到了女鬼。"

车开到坡顶，商店几乎没了踪影，路面也变暗了。街灯的数量很少，路上也几乎没有行人。确实，这里的氛围看上去就算出现幽灵也并不奇怪。

司机依然在热心地讲解。

"干我们这行的，多多少少都有过这种体验。出租车鬼故事您知道吗？车上载着一位女性乘客，到了目的地以后，司机却发现后面的座位上没有人，只有湿乎乎的一片。本来以为白跑一趟没挣到钱，但到了目的地，跟她家里一问才知道，正好是他家的女儿去世一周年忌日，司机因此得到了双倍的酬金……"

司机相当认真地说道，这个人看起来很相信这类故事。

"实话跟您说，我其实是对鬼魂很敏感的那种人。虽然次数很少，但我确实遇到过幽灵，还有一些灵异现象。如果是看花眼也就罢了，但我觉得确实不是。我在市区，还有车站前的人流里穿行的时候，能看到一些透明的黑色影子慢慢飘过，还能看到空中飘着一些扭动的类似人形的东西……在发生列车事故的地方，能看到地面上有断掉的手在爬。哦对了，之前还有……"

"抱歉，不好意思，我不太喜欢这类故事。"

"啊，不好意思。我说得太恐怖了。"

"不是。不是因为恐怖，是我对鬼怪、幽灵这些东西没有兴趣。"

"是吗，实在抱歉。对了，最后还有一个故事……在这个幽灵坂，五十年前，发生了一起非常凄惨的事件。住在这附近的一位主妇被丈夫抛弃，在街头迷了路，最后割下了女儿的头，自己也上吊自杀了。这个坡路上发生的种种怪事，据说都跟这件事情有关……说起来，刚才站在您身后的也是一位女士和一个孩子。"

"我刚才说了，我不喜欢这类故事。"

"啊，实在不好意思，我又说多了。"

航平本来想压制情绪，礼貌地回话，但还是没能掩饰住内心的焦躁。车内的氛围突然变得很尴尬，但是司机终于闭嘴了。

航平向窗外望去，麻布漆黑的夜路上空无一人。

他一直呆呆地望着窗外。随着车子的震动，睡意再次袭来。他脑海中又浮现了那个梦。

四处喷溅的光线，接连绽放的烟花。

这是一个关于线香烟花的梦。

那时候，不知苍太几岁了呢？他当时还很小，脸上挂着天真无邪的笑容。妻子希惠也在旁边开心地笑着。烟花的光映在两人的脸上……

不知从何时起，她的笑容消失了。

航平感到一阵强烈的罪恶感。他犯了一个无法挽回的错误，现在已经后悔莫及。他把最重要的东西……

线香烟花最中央的红色圆球。无数的小光束激烈地碰撞在一起，合并成一个大光球，不断膨胀，眼看就要掉下来了。

他现在在哪里？航平感到非常不安。他究竟在哪里……

"您醒醒，马上要到了。"

航平听到司机的话，醒了过来。

"啊……不好意思。"

航平睡眼惺忪地向四周望去。一瞬间，他看不出自己到了哪里。好像是在隧道里。橘黄色的隧道灯闪动着光，混凝土材质的墙壁像一道弯弓伸向前方。

"诶？我们现在在哪里？"

"这里是白金隧道。"

"白金隧道？"

白金隧道是从白金通往目黑方向，建在首都高速正下方的机动车专用隧道。这里并不是去往六本木的路。

"为什么来这里？"

"目黑就是往这个方向啊。"

"目黑？去那儿干什么？"

"诶？您不是说了吗？让我开到目黑。目黑的五本木。"

"五本木？不是啊。我说过，去的是六本木。"

"诶？是六本木吗？那是我误会了。我马上往回走。"

航平一时不知该说什么好。五本木是目黑的住宅区，虽然名字很像，但跟港区的六本木完全是两个地方。出租车离六本木越来越远，航平不禁提高了嗓门："你刚才也问过我吧，问我是不是住在六本木之丘。你忘了吗？你是这么对我说过吧？"

"啊？是吗。那实在对不起了。真对不起。"

"算了，我下车。你停下吧。"

"没事，您别着急。是六本木之丘吧。我马上往回走。"

"算了吧，我打别的车。"

"您给个机会，让我把您送到六本木吧。这个时间，这附近的出租车很少的。当然，车费我会给您足够的优惠。"

航平深深叹了口气。确实，如果从隧道里下车，就很难再打到车了。司机握着方向盘，一个劲地在道歉。对一个几乎比自己大两轮的人,他也不好意思再批评什么。

"好吧,那就拜托了。是六本木之丘。我要去的地方是六本木之丘。"

"我明白了。"

司机劲头十足地回复了一声,提高了车速。但是,因为隧道中间是隔离带,隧道内是没法掉头的。他们离目的地越来越远,却也没有办法。

出租车在隧道里飞驰。出了隧道后,中央隔离带有了缺口,有地方可以掉头。司机立刻向右打方向,掉头走上了来时的路。

出租车又开进了白金隧道里。

一想到又要穿过那么长的隧道,航平觉得心情很不好。时间就这么白白浪费了。他感到十分疲倦,想赶快回家休息,躺在干燥的床单上,什么也不想地酣睡过去。算了,还是不要着急了。这个时间赶回六本木也只需要十五分钟。航平这么想着,心情舒缓下来。

在隧道里开了一段,司机又开口了。

"先生,实在对不起。我也不知道自己怎么回事,会犯这么大的错误。真是对不起了。"

"没事。"

"我不想找借口,但我们这行的工作方式是头一天干整整一天,第二天全天休息,我这个年龄确实有点吃不消。开车时间长了,有时候会犯一些奇怪的错误。不瞒您说,比如有时候看到路边的客人后停车,结果那是印在大海报或者宣传板上的女演员照片。有时候还会把电线杆或者邮筒认成是顾客。"

司机又打开了话匣子。

"啊,您不用担心。这种时候我会注意停下车休息。万一出了事故就糟糕了。刚才您上车之前,我在台场的码头休息过,睡觉的时间很充足,所以您放心。啊,对了……我想起来了。我休息的时候,看见有人站在码头边上。我还寻思这个时间谁会去那里……那是不是您啊?"

"码头?我的办公室离那里很近,但我没去过码头。"

"啊,是吗。那就奇怪了。那个人看上去跟您很像……"

"您认错人了吧,我今天一整天都在办公室。"

"是吗……那对不起了。"

航平大吃一惊。

这个司机一直在码头,还认出了自己的样子。

他看到了多少呢?只是看了一眼吗?还是自始至终目击了航平所做的一切……

不,应该没事。

如果他全都看见了,就不会用这种拉家常的语气跟他说话。没问题。他应该什么都没看到。镇定点。航平在心里自言自语道。但就在这时——

"啊,对了。"

司机突然提高了嗓门。

航平的心脏都快停止跳动了,他尽量假装平静地问道:"怎么了?"

"啊,不是刚才的事。这个白金隧道也是个不寻常的地方……隧道边上有过去旧日本军队进行人体实验的医院,有人目睹过很多灵异现象。另外,前面有个白金台出口,据说有女鬼站在那里,绝对不能往那个方向看。如果不小心看了……"

"师傅……我说了,我对这些没兴趣。"

"啊,对。您说过。实在不好意思。对不起啊。"

司机闭上了嘴，车内安静了下来。

航平不禁咽了一口唾沫。他想尽快下车。但是，如果强行在这里下车，反而会显得更加可疑。司机毕竟在码头看到了他，还是谨慎一点为好。

行驶了一阵后，出租车来到了隧道出口。这里正是刚才司机提到的白金台方向的出口。

航平向窗外瞥了一眼。

当然，隧道出口那里，并没有站着人。

狸穴

出租车驶过白金台，朝六本木方向驶去。

出了白金隧道之后，司机就一直没有说话。刚才还喋喋不休的司机突然变得异常沉默。航平觉得有点不自在。莫非是他明白了什么？想到这里，航平做好了应付的准备。

但是，就在饭仓片町前，出租车左转驶入一条单行的下坡小路时，司机突然开口说话了。

"过去这一代叫麻布山，是非常偏远险峻的地方。现在我们走的这条坡路叫狸穴坂，狸穴是'狸猫的巢穴'的'狸穴'。"

他又开始卖弄学问了。刚才走错路的窘况似乎已经被他抛之脑后。航平一言不发，静静地听着司机的话。

"传说过去这附近有一个狸猫洞，里面有几千只狸猫，它们把庄稼糟蹋得够呛，害苦了老百姓。根据记载，德川家康开创幕府之前，他的家臣井伊直政听说了这件事，于是下令治理狸猫灾害。"

航平向窗外望去。这条路在豪华的居民楼和公寓间穿行，宽度仅容一辆汽车勉强通过。道路蜿蜒曲折，而且是急下坡。航平基本没来过这里。

"所以这一带本来是狸猫的势力范围，人类把它们赶了出去。狸猫对此应该也是相当怨恨。'狸猫'这个词，本身就还有恶魔和魑魅魍魉的意思。① 传说，幸存下来的狸猫会化身成美少年，在江户作恶。现在这一带在地图上的名字还是麻布狸穴町，这是现存为数不多的保留了江户时代町名的地方之一。"

司机滔滔不绝，满怀热情地展示着他的知识储备。航平也并不打断他，心想随他去说好了。

"先生，您知道麻布这个地名是怎么来的吗？"

"不知道……是不是跟麻或者布有什么关系啊？"

"也有这种说法。有人说这里是产麻的地方，有人说过去这里麻制品产业发达，说法不一，没人知道真相。关于麻布地名的由来，我最感兴趣的一个说法是，它是从阿伊努语的'asappuru'转化而来的。②"

"阿伊努语？"

"是的。根据近些年的研究，有学说称，绳文时代的人其实是阿伊努人。在麻布的周边也发现了大量绳文民族的居住遗址和贝冢。"

司机的口吻充满了热情。可能他只是喜欢这样与人分享他的见识吧。他肯定没有看到。不然的话，他不可能如此悠闲地说个没完。想到这里，航平放心多了。

"'asappuru'这个词在阿伊努语里是'渡海'的意思。在太古时代，麻布十番这边还都是海。麻布坐落在高台上，在当时可能是突出的半岛。所以，绳文人才会'渡海'来到这里。证据就是，在阿伊努人聚居的北海道地区，有很多与麻布类似的地名。比如知床半岛上有麻布（azabu）町，札幌有麻生（asabu），函馆附近的桧山郡有厚泽部（atsusabu）町。"

---

① "狸猫"在这里的读法是"mami"，与表示"恶魔"之意的"mami"发音相同。
② "麻布"的读音为"azabu"。阿伊努语，也称爱努语，是日本原住民阿伊努人的语言。

出租车穿过麻布内部住宅区的小路，驶进了大路。这里是外苑东路。前进的方向能看到熟悉的商业街的灯光。已经接近六本木的路口了。虽然已是深夜，但六本木一带仍然灯火通明，仿佛是另一个世界。

"据说这一带在江户时代之后才有人居住。江户设置了幕府之后，原本偏僻的地方也开始修建大名诸侯和武士的别墅，此外还有寺庙和神社。到了明治时期，麻布建立了以美国大使馆为首的各国使馆和领事馆，周边也开始建起了高级住宅区。"

司机滔滔不绝地说个没完。

"他们还在六本木修建了大规模的陆军兵营。啊，就是过去防卫厅的所在地，也就是现在的中城。战败后，陆军的这块地被联合国军总司令部接管，六本木的街区也变成了美国大兵的地盘。这里陆续开了很多咖啡厅和酒吧，学生和不良青年，还有艺人们纷纷来到这里，渐渐形成了六本木今天的样子。"

出租车驶过饭仓片町的路口，向外苑东路的六本木路口驶去。街道上的霓虹灯光照射进来。

"那您知道为什么这一带被称作六本木吗？"

透过后视镜，航平看到司机面带爽朗的微笑问道。没错，他什么都不知道。他只是一个不怎么会察言观色，却喜欢卖弄学问的大叔而已。听到他这么问，航平觉得轻松了不少。司机并没有等他回答，就继续说道："因为过去这里有五棵特别高大的朴树。明明叫六本木，但为什么是五棵树呢？[①] 您也想不明白吧？这个真相要追溯到平安时代末期了。在源平合战最激烈的时期，平家的六位战败武士逃到了这里。其中有五人已经精疲力竭，他们种

[①] "六本木"的"本"在日语中是量词，此处相当于"棵"，直译为"六棵树"。

了五棵朴树幼苗，作为自己墓地的标记。然后这五个武士切腹自杀了。剩下的一个人为了活下来，在周边徘徊了很久，最后在一棵松树下气绝身亡。村民怜悯这些武士，于是把这五棵朴树和一棵松树合起来称作'六本木'，用来纪念他们。从此六本木就成了这里的地名。"

航平听着司机滔滔不绝，又感到了一阵睡意。他开始打盹儿，司机的话听起来就像念经一样。出租车在六本木的霓虹灯光中前进。

"但是呢，六本木名字的由来有很多说法。另一个说法是，在江户时代，这里上杉氏、片桐氏等名字里有树木名的大名诸侯的住宅，总共六所，所以叫六本木。"

航平睡眼惺忪地透过车窗眺望六本木的景色。虽然已是深夜，但这里仍排满了等客的出租车，街上有大批的年轻人和醉汉，热闹非凡。

"有一个歇后语叫'住在麻布者不识木'[①]。江户时代的麻布，虽然有六本木这个地名，却找不到相应的六棵树，'不识木'指的是这个意思。另一层意思是，居住在麻布这种鬼地方的人'不可理喻'。这句话是用来形容那些行为怪异或者疯疯癫癫的人。因为跟现在不同，过去麻布和六本木这一带是谁都不愿意来的穷乡僻壤。"

航平看着六本木的夜景。

在一片灯火辉煌之中，街上的行人摩肩接踵。衣着华丽的风尘女子，拉客的男人，看上去很享受的外国人。如果过去的人见到这番景象，估计会以为是看到了梦境或者幻象，或许还会以为

---

①日语中的"木"（树）和"気"（心思、想法）是同音字，此处是一个双关歇后语。

是被狸猫附身了。

航平有时也会有这种感觉。现在自己的人生或许只是幻象。现代化的办公室，最高级的生活，没有什么顾虑。这一切可能只是梦境或者幻象，都是基于一个没有实体的，名叫"东京"的程序中的虚幻世界。

出租车在首都高速高架桥穿过的六本木十字路口向左转弯，沿着六本木路向涩谷方向前进。

终于能看到目的地了。那座高五十四层、象征着六本木的繁荣与富贵的高大建筑。隔着挡风玻璃，巍然矗立的六本木之丘那耀眼的光芒照进车内。

马上就要到家了，终于能好好睡觉了。就在航平感到如释重负的时候……

他突然感觉到有什么不对劲。自己仿佛正在被谁盯着。他把视线从挡风玻璃移到了驾驶席的后视镜上。

他不禁屏住了呼吸。镜子中，他的旁边还坐着一个人。

是一个女人。他旁边坐着一个女人。

是一个长发女人……她抱着一个孩子。

女人的身体湿乎乎的。及肩的长发像海藻一样蓬乱，水滴沿着发梢滴落下来。怀里的孩子浑身也是湿的，正闭着双眼，好像没了力气，一动不动。航平连忙向旁边看去。

并没有人。

后排只有航平一个人。他是不是在做梦？他又向后视镜看去，就在这一瞬间——

女人的眼球转了一下，她正透过镜子盯着航平。

航平发出了一声尖叫。

"您怎么了？"

司机惊讶地问道。

"没，没什么。"

航平又瞥了一眼后视镜。镜子里并没有人。

是不是自己的眼睛出问题了？看来他的疲劳程度比想象中更严重。刚才后视镜中出现的女人和孩子，看上去像是希惠和苍太。他们绝不可能出现在这辆车上。刚才或许真的是幻觉吧。

再看向前面，六本木之丘的威严感扑面而来。

"先生，马上就要到了。"

听到司机的声音，航平忽然惊醒。不知何时他又睡着了。

他看向窗外，出租车依然在漆黑的夜路上行驶。他觉得不对头。

他探出身子，环顾着行驶中的出租车四周。前后都没有六本木之丘的影子。别说六本木之丘了，就连六本木街道的灯光也不见了。不知何时，出租车开到了某处住宅区的路上。

为什么会在这里？刚才明明已经接近目的地了。航平立即问道："这是哪里？"

"先生，我们马上就到目的地了。"

航平觉得不可思议，这个司机又搞错了路。他是在戏弄我吗？还是有别的什么目的？航平想不到别的理由。

"你这是怎么回事？怎么会连续弄错两次呢？我没这么多时间可以浪费。你差不多得了。"

"诶？您是什么意思？"

"我都说了多少遍了，我要去六本木之丘。你什么时候才能到？"

"啊……"

"你得弄错几次才能明白？你别说那些没用的了，好好干自己的工作不行吗？"

这是一个噩梦。无论多长时间，都到不了家。

航平的怒气一发不可收拾，他想从后面打司机一顿，但如果这么做了，之后会很麻烦。他强忍住了涌上来的冲动。

"行了，你停车吧。我要下去。快点。"

"那个……"

"行了，我不想再看见你。赶紧给我停车。"

航平提高了嗓门，对着司机怒吼道。司机一言不发，默默承受着航平的指责。过了一阵，他抱歉地说道："那个，先生……我们已经去过六本木之丘了。"

"啊？"

"您不记得了吗？"

对于司机这句意外的话，航平一瞬间没了底气。

"刚才我们已经到了六本木之丘住宅楼的门廊那里。然后您说还是算了……您说想回的地方不是这里。"

"你胡说。"

"真的。您又说了另一个地方，我只是按您说的去做了而已。"

你别胡说了……航平刚想说出这句话，却不由得咽了回去。

他刚才确实睡着了。有可能是他在半睡半醒的状态下说了这样的话。司机表现得非常平静。如果他说的是真话，那事实也许的确是这样。

沉默了一会儿，司机先开口了。

"先生，我刚才说过，我在码头那边睡了一觉。"

他握紧方向盘,继续说道:"您干的事情,我其实全看见了。"

"你在说什么?"

"您当时所做的事情,我全都看到了。"

航平震惊不已,仿佛后背受到了一记暴击。他全身的血液似乎一下子凝固了。这个司机果然看到了。他目击了在码头发生的一切。

他绝对不能表露胆怯。航平强装镇定,问道:"你说你看到了,是指什么?"

"我说了是全部,从你到那个码头之后发生的所有事情……"

航平说不出话来了。他的双脚不住地发抖,呼吸变得困难。

"可真把我吓坏了。我在码头停下车,想跟往常一样睡一觉,这时候你来了。我还纳闷,大半夜有人来这里干什么,于是看了一会儿,然后……"

说到这里,司机突然停住了。

航平的身体在不停地发抖。这下糟了,无论如何也不能蒙混过关了。航平沉默下来,司机却带着难以言状的表情再次开口。

"您做那样的事,不觉得自己的妻子和孩子很可怜吗?"

航平一时呆住了,无法回答司机的提问。

"您为什么做那么恐怖的事?"

航平的呼吸越来越急促,身体在不停地颤抖。他已经要绷不住了。这个男人什么都知道。他在码头做的一切……司机想把他怎么样呢?他的目的是什么?航平战战兢兢地挤出了一句话。

"你要报警吗?"

司机连瞧都没有瞧他一眼,只是摇了摇头。

"不。"

"你想把我怎么样?这样下去……"

"我并不想把您怎么样。不管您是什么人,我的工作只是把您安全送到目的地。"

"目的地?"

"对啊……啊,我们到了。"

司机说着,踩下了刹车。出租车停了下来。

自动车门打开了。

司机转过头来,表情非常和蔼。这时,航平才第一次看清司机的脸。他是个中老年男人,骨瘦嶙峋,肤色偏黑,头发斑白。

"让您久等了。请您下车确认一下,您指定的目的地到底是哪里。"

司机满面笑容地说着,眼角堆起了皱纹。

"您请吧。"

被司机催促着,航平下了车。这是一处很常见的住宅区的一角。街灯稀稀疏疏,周围光线有些暗,并不像是什么高级住宅区。路边都是些看起来相当老旧的公寓和板房。周围并没有人。

从出租车停车的位置走了一会儿,航平来到了一处下行的台阶。它建在住宅区的斜坡上,是一段很长的台阶。眼前是都市的夜景,其间能看到东京塔的灯光。

"这里是……"

他想起来了。他对这个地方有印象。就是下面的这栋公寓,他在这附近住过一段时间。

他不由自主地向下走去。台阶的坡度很缓。因为刚才的雨,脚下有些潮湿。走了一阵,台阶中间休息平台的侧面出现了公寓入口。这个公寓很陈旧了,但依然保存了下来。它是两层的钢筋结构建筑,面积很小,只有一个开间,但是浴室和洗手间倒是齐全。

那大概是十年前的事情了吧？这是他和希惠的第一个家。当时他大学毕业还没几年，进了一家公司，却没能长时间干下去。那时他非常希望别人认可自己。在理想和现实的差距之间，每天都过得闷闷不乐。因为没有固定工作，有段时间他只能让希惠养活自己。她真的帮了他很多。

"刚才您说的目的地就是这里。"

回头一看，司机正站在自己身后，微笑着看着航平，眼角挤出了皱纹。他黝黑的脸上满是褶皱，仿佛刻满了人生的年轮。航平再次看向公寓，低声说道："太怀念了，这里是我和妻子的第一个家。"

司机一言不发，静静地看着航平。

"我做了对不起妻子的事，而且已经绝对无法挽回了……"

航平望着公寓，继续说道："人生不可能总是过得如意。我抓住了重要的机会，收获了很多荣耀。我的公司越做越大，我甚至在六本木之丘买了房子。所有的一切都是那么顺利。我以为在人生的战斗中，我已经是个赢家。但我还是太天真了。"

司机始终一言不发，只是听着航平的话。

"公司发展得太大了，渐渐地我已经控制不住。从一个小小的裂痕开始，变成裂缝，最后崩溃了。我背负了巨额债务，在六本木之丘的房子也解约了。那些信任我的伙伴也都离我而去。即便这样，我还是不肯认输。我是一个成功者，这点打击不足以让我放弃。我拼了命地努力。但我越努力，欠款就越多，已经到了我一个人无论如何都无法偿还的地步。"

"原来如此，是这样啊……所以您……"

说到这里，司机的表情严肃起来，用严厉的目光看着航平。

"您夺走的是宝贵的生命。"

司机的话刺痛了航平的心，他接着问道："您是为了拿保险赔偿金吗？"

已经无路可逃了。航平死了心，挤出了一句话。

"是的。"

"您没意识到这是一种罪过吗？您把宝贵的生命扔到了漆黑冰冷的海水里。您没有考虑过，您的妻子和孩子会多么痛苦吗？"

司机抬高嗓门问道。航平再也无法忍受，用力闭上了眼。但是司机仍然不依不饶地说道："您为什么要做那么恐怖的事呢？为什么……"

司机一直看着航平说。

"您——"

他不想听。一点也不想听。但是这个司机对着苦恼不堪的航平，说出了一个令人恐惧的事实。

"——为什么要自己跳进海里呢？"

航平惊讶不已，看了看司机的脸。

突然，一种异样的感觉向航平袭来。他感到呼吸困难，嘴和鼻子灌进了大量的液体。他已经无法呼吸，这是咸味的水。水已经进到支气管和肺里，他在痛苦地挣扎。他正在黑暗的水中。好难受。好难受。好难受。是的……他刚才跳海了，现在正在台场的海里。是的，他刚才……刚才在冰冷的海水中痛苦地挣扎，已经断了气。是的。是的。是的。

他刚才死了……

航平的身体在不停地颤抖。的确，他跳到了台场的海水中。

他想得到解脱……欠款已经无法偿还，活着会很麻烦。如果自己死了，保险金应该足够偿还这笔欠款，正好一举两得。他想赶快脱离苦海。虽然脑海中一瞬间闪过了希惠和苍太的脸，但最终还是没能抵挡死的诱惑。航平冲动地跳进了台场黑暗的海水中。

"您终于想起来了。"

航平慢慢地看向司机，对方依然面无表情地看着自己。航平鼓足力气，向司机问道："你是……"

"我不是说过吗，我对鬼魂是很敏感的……像您这种客人，我载过很多。"

航平缓缓地举起自己的双手看着。他的一切感觉都已经消失了。

雨后深夜的街上。台阶旁种的树正在随风摇摆，他的皮肤却完全感受不到风的存在。眼前的植物和土地，也完全闻不到味道。这么想起来，上出租车的时候也没闻到汽车特有的味道。皮肤对气温的感觉也已经消失。他完全不知道现在是热还是冷。

是这样啊……他已经不在人世了。

"那我们走吧。"

司机朝发呆的航平说道。

"诶？去哪里？"

司机没有回答，他的眼角舒缓开来，眼神里似乎有一种难以形容的慈爱。

司机沉默地沿着台阶向上走。

航平不禁追了上去。

青山

出租车沿着夜路飞驰。

这辆车到底要开到哪里呢？航平坐在后排，向驾驶席瞄了一眼。那个话多的司机正安静地握着方向盘。

开了一会儿，前方又出现了六本木耀眼的灯光。航平不禁觉得，这简直像是幻影。

有人说过，人生就像钟摆，会发生一些坏事，也会有与之等量的幸福来临。人生就像钟摆一样不停摆动，不幸的程度越大，之后降临的幸福程度也就会越大。

但是反过来想想，这句话是非常恐怖的。得到的幸福越多，之后遭遇的不幸也就越多。航平对此深有感触。

他唯一牵挂的就是家人。最后他还是给希惠添了很多麻烦。自己总是忙于工作，根本没有精力顾及家庭，留给她的只有寂寞的回忆。但是她从未抱怨过一句，始终对他不离不弃。她是位优秀的妻子。

对苍太来说，航平也是个极差的父亲。在他今后漫长的人生中，这都会是一个很大的遗憾。父亲因为公司破产，苦于负债而自杀了。苍太会一直恨他的。苍太，对不起。原谅你没出息的爸爸吧。航平在临死前，哪怕一次也好，想再抱一抱苍太，想再看看他可爱的笑脸，听听他的声音，闻闻他的味道。但是，现在这些已经不可能了。

过了一阵，出租车又来到了六本木之丘。在黑暗的夜色中，五十四层高的大楼巍然耸立，耀眼的灯光刺破了夜空。

"您知道吗？"司机缓缓开口道，"六本木之丘所在的地方，在江户时代是长州毛利家的江户别墅。元禄时期，攻入吉良上野介府邸的四十七个武士中，有前原伊助等十名赤穗义士寄身在毛利家。就是在这里，十位义士最后切腹自杀。为主人尽忠的赤穗义士临终前就是在这里度过的，日本人想到这些都会感慨万千。在这个象征着日本繁荣的六本木之丘，有多少人收获了荣耀之后又迅速衰落。这里堪称是一座虚荣之塔。可能是人们触怒了在这里殒命的赤穗十义士的灵魂……"

车窗上映出了六本木之丘威严的外形。航平又何尝不是在这里衰落的呢。就像司机说的，这是一座虚荣之塔。

驶过六本木之丘旁边，在夜幕的包围下，出租车沿着六本木路的高架桥一直向前行驶。

据说，人在死去的瞬间，能看到一生中记忆的碎片，就像看走马灯一样。或许现在自己就在经历这种体验。

这就是所谓的濒死体验。对于要启程前往另一个世界的人，这是他所能看到的最后的风景，他的灵魂将与这个世界告别。现在航平就处在这个过程之中。

在那之后，出租车带着航平去了很多地方。

跟希惠第一次约会时的意大利餐厅——

他拿出仅有的一点钱与她约会。因为紧张，全程基本上没怎么说话。

苍太出生的医院——

一个被羊水和血液包裹的灰褐色的婴儿。这就是苍太刚来到这个世界时的样子。最初他一动不动。航平敲一敲他的脚心，他才开始哇哇大哭。第一次抱着自己孩子的感觉，让航平兴奋得直发抖。

跟家人一起去公园玩——

苍太的性格非常老实，算不上是那种特别要强的人。他有时候被小朋友打了也不会还手，只会抹眼泪。希惠很担心苍太受欺负，跟航平聊了好几次。但因为工作太忙，航平也没能听进去妻子的话。

究竟是哪一步走错了呢？自己满脑子都是工作的事，认为只要有钱，什么都可以解决。早知道是这种结局，真应该多陪陪家人。那样的话，或许还能找到解决问题的办法。

但这一切都已经太迟了，现在已经无法挽回。航平已经死了，马上就要离开这个世界。这一刻越来越近。

出租车开往青山方向，穿过六本木隧道，进入了一条几乎没有车辆经过的单行小路。

路的两旁树木郁郁葱葱，树的后面是一大片墓地。这里是青山陵园。

"青山陵园是明治时代日本建的第一所国营墓地，面积大概有六个东京巨蛋那么大，有超过十万人长眠在这里。乃木希典大将、大久保利通、志贺直哉、星新一等许多伟人和名人安葬在这里。啊，对了。忠犬八公的墓也在这里。"

这是一片被现代化的高楼包围的墓地，里面供奉着无数的墓碑。出租车在墓地中央穿行而过。

"过去,青山这一带还是荒野,只有些树林和灌木。从古代起,人们就把许多遗体搬到这里进行风葬。所以这里才自然建成了大面积的墓地。无论过去还是现在,这个地方都是介于生与死之间的存在……是连接生者与死者的地方。"

司机握着方向盘,分享着他的知识。

这个青山陵园位于"生与死之间"。他会在这个地方成佛吗？不,他抛弃了妻子和孩子,只想着自我解脱,选择了自杀。他不可能成佛,肯定会入地狱。

航平对此已经做好了准备。不过,他还有一个请求,虽然可能无法实现。

在去那个世界之前,他想跟希惠和苍太再见一面,哪怕只是看一眼。他想看看自己最爱的妻子和孩子。但这个愿望恐怕难以实现了。

他缓缓地闭上眼。

噼啪作响的线香烟花散发着光芒。

航平的脑海中浮现出了与家人难忘的回忆。苍太那无忧无虑的笑脸。在烟花的映照下,希惠那温柔的面庞——

或许,烟花消失之际,就是自己离开这个世界的时候……

无数的火花激烈地碰撞在一起,中间红色的火球在不断膨胀。

啪的一下,烟花落到了地上。

突然,四周被黑暗包围了。

航平已经看不到妻子和苍太的脸了。

永恒的黑暗已经降临。

湾岸

"您这边请。"

"好的,谢谢。"

跟在身穿白衣的医生后面,原田璃璃子走在医院的走廊上。她的长发扎成一束,随着步伐不断摆动。这里是湾岸地区的综合医院。自由撰稿人璃璃子为了采访,来到了这家医院。

给璃璃子带路的是一位中老年男医生,他的头发白色多于黑色,给人感觉很儒雅。虽然不知道这次的采访能否发表,但他还是非常客气地做了接待。

时间已经接近傍晚。因为是来医院采访,璃璃子穿得比平时更加庄重。灰色的夹克配西装裤,手插在挎在肩上的黑色托特包里。医院的走廊上并没有多少人。

两人穿过走廊,进了门诊楼。

进电梯后来到了六楼,两人沿着病房的走廊继续前进。从病房走出来的一位消瘦的中年男性患者面露惊讶地看着他们。

走了一会儿,医生在一间病房前停下了。他对璃璃子说道:"就是这间屋子。就像我刚才说的,因为涉及患者的隐私,所以请不要拍照或者录音。采访时间请控制在十分钟以内。"

"好的。"

医生轻轻点了点头,敲了敲屋门。屋内有一位女子应声。过了一会儿,门打开了。一个女人露出脸来。她看上去三十多岁,相貌文雅。可能是陪床照顾病人劳累所致,她的脸颊非常消瘦。及肩的长发光泽黯淡,脸色也并不好。虽然她化了妆,但还是没能遮住眼袋。她的举止很稳重,把医生和璃璃子请了进去。

病房是双人房,但其中一张床上并没有患者。另一张床上,一个穿睡衣的男人正在仰卧着睡觉。

床上的这个男人与屋里的女人年纪相仿。他似乎并没有睡着,眼睛正盯着天花板。

医生向璃璃子递了个眼神,说道:"原田小姐,您可以跟他聊一会儿。"

"好的……"

璃璃子看了一眼站在旁边的女人。她一直低着头。

她向床边走近一步,跟男人搭话。

"您好,初次见面。"

男人没有回话。何止是没回话,他甚至看都没看一下。

"我是来采访您的。我叫原田,能问您几个问题吗?"

男人一动不动。璃璃子觉得他虽然睁着眼,却也并不是在看天花板。准确地说,他哪里都没有看。

医生慢慢地跟他说道:"这位女士想问您几个问题,您回答一下吧。"

即使医生出面,男人却还是没有要动的意思。他只是安静地看着空中。

璃璃子再次搭话道:"不好意思突然打扰您,您今天感觉怎么样?"

果然还是没反应。

璃璃子看着男人的脸。他的瞳孔中感受不到任何生机。璃璃子心想，这个人不会是真的死了吧？屋里那个女人之前一直没有作声，此时跟男人说道："孩子他爸，有客人。你快答应啊……求你了。"

她的语气就像是在恳求男人。

就在这时——

男人的头部机械地动了一下，看上去就像一个被人操纵的木偶。他的眼珠瞪得像玻璃球一般，看向璃璃子。接着他嘴唇微张，开口说话了。

"……你……是？"

璃璃子不由得屏住了呼吸。

"您好，初次见面。我叫原田璃璃子，今天来是想采访您一下。"

这个男人一直盯着璃璃子，过了一会儿又开口道："我没有什么可说的。"

他把视线从璃璃子身上移开，接着说道："因为……"

那个女人屏住呼吸看着他。

"因为……因为我已经死了……"

"孩子他爸……"

女人跪到床前，双手握住男人的手说道。

"你没有死……你还活着。你还活着哪。"

女人的话似乎并不管用，男人又不动了。他的身体纹丝不动，视线也一直盯着空中。

"感谢您在百忙之中专门帮我安排，谢谢。"

璃璃子朝之前带路的医生深深鞠了一躬。医生黝黑的脸上挤出了皱纹,和蔼地微笑着。

"不客气。如果写成了文章,请记得联系我。"

与医生告别后,璃璃子走出了医院的正门。在树荫下,她看到了那件无领的竖纹衬衫。那是一个身材瘦高的男人。他的名字叫岛野仁,以前在某所私立大学担任民俗学讲师。现在出于一些原因,没有继续在大学工作。他是璃璃子学生时代的学长。可能是闲得无聊,他表示对璃璃子的采访很有兴趣,要"前来协助",就自作主张跟了过来。

"采访怎么样啊?"

"嗯,终于见到了他本人。"

"这个经验太宝贵了。那关于科塔尔综合征①,你明白些什么了吗?"

"嗯。了解了一些……"

璃璃子说完向前走去。此时太阳已经西斜,学长跟在璃璃子身后,说道:"你怎么了?看上去不太高兴啊。你可是好不容易能写点像样的东西了。"

学长总是多嘴。璃璃子无视他的话,走到了医院前港湾边的人行道上。

虽然这次采访很顺利,但在真正见到被科塔尔综合征折磨的患者之后,璃璃子的心情无比复杂。尤其是看到病房里患者妻子的样子,这让她怎么都高兴不起来。

科塔尔综合征是法国精神科医生朱尔斯·科塔尔在一八八〇

---

① 别称行尸综合征,以虚无妄想和否定妄想为核心症状。

年发现的一种怪病,属于抑郁症的一种。患者通常认为自己已经死去。

璃璃子一边走着,一边跟学长说着从医生那里问到的话。

"据说科塔尔综合征的症状是,患者认为自己已经死了,嗅觉和触觉等身体的各种感觉都会消失。症状一旦恶化,患者会认为自己身体中的脏器、血液、神经等已经完全消失,或者已经腐坏,并对此坚信不疑。最后的结果就是,患者会远离现实的生活,最终真的死去。有记载说,一位女性患者认为自己已经死了,没必要吃饭,最后真的饿死了。"

学长一反常态地静静听着璃璃子的话。璃璃子一边走着,一边时不时地看看他的侧脸。璃璃子说完后,他依然表情严峻地思考着什么。过了一会儿,他小声说道:"你见的那个患者是什么人?"

"他是个IT公司的老板,叫乾航平。曾经也是HILLS一族,算是个时代的弄潮儿。但是近些年因为经营情况不好,公司有了大量的外债。半年前,他从台场跳海自杀,被从那里经过的人救了上来,好歹保住了一条命……但他坚决不承认自己被救了,最后诊断得了科塔尔综合征。"

车道上的汽车轰鸣而过。临近傍晚,交通状况变得拥堵起来。

"治疗的情况怎么样?"

"医生说,当初他拒绝承认自己还活着,一度没法进行治疗。现在剩下的巨额负债让家庭陷入了不幸,他应该是想逃避这个现实。但是最近开始有了恢复的征兆,医生和家庭的努力得到了回报。"

"是吗?那太好了。"

"据说科塔尔综合征病情加重以后,患者会陷入严重的妄想和慢性抑郁,是无法恢复正常的。但是这个病也不是绝对无法治愈,持续使用抗抑郁药物和精神安定剂,通过坚持不懈的治疗,也是有可能治愈的。我采访的医生说,他尝试了一种逆向疗法。医生带着他坐车去了很多曾给他留下回忆的地方,比如曾经跟妻子住过的地方,孩子出生的医院,跟家人游乐的公园……去的都是给他留下了深刻记忆的地方。就像濒死之人看到的那种类似走马灯的幻觉一样……这是一个实验,通过走访这些地方,尝试能否克服科塔尔综合征的影响。"

"原来如此,那是模拟濒死体验。让患者经历那种濒临死亡深渊的感觉,然后让他自己体会死而复生的意义。通过唤醒他与家人的记忆,影响他的心理,让他再次认识活着的重要性……是这样吧。"

"是这样的,治疗起到了一定的效果。"

璃璃子突然停了下来。她转过身,望着背后医院的大楼。

大楼的玻璃窗反射着夕阳的光芒。

"真希望他早点好起来,哪怕是为了他妻子也好。"

学长在璃璃子身后停住了。他在思考什么。

"科塔尔综合征……一种患者认为自己已经死亡的病。濒死体验。走马灯。死亡深渊的幻觉……"

"学长。"

"怎么了?"

"你在想什么?"

"没什么。"

"难道是……你想起来了?"

"什么啊?"

"研究的事。"

"研究……"

学长小声说着,视线从璃璃子身上移开。

"……能不能别提这个?"

"对不起。"

学长看都没看璃璃子一眼,径直向前走去。

门开了。

随着一声洪亮的"我回来了",一个背着书包的少年走了进来。

"爸爸,我今天被老师表扬了。上语文课的时候……"

苍太一脸兴奋地说着。

航平陷入了深思。

这是哪里?一个陌生的地方。白色的屋子。苍太在这里。妻子希惠也在。

自己应该还在濒死体验的幻觉之中。他曾许愿希望在死前见妻子和孩子一面。如果神真的存在,那他一定是通过幻觉这种方式帮自己实现了愿望。

他还在通往死亡的路上。之后会怎么样?会去哪里呢?

爸爸,爸爸……

苍太拼命喊着。但是航平无法回应他。因为他已经死了。

爸爸,爸爸,回答我……

妻子已经极度消瘦,她的眼里饱含泪水。对不起。他没能抵挡住死亡的诱惑,真是没出息。这一切已经无法挽回……

但是,这一切是真实的吗?

会不会……这些场景是现实中发生的呢?航平的脑中闪过了

这个念头。

爸爸，爸爸……回答我。爸爸。

深爱的妻子和孩子就在眼前——

不对，不可能是现实。他已经死了。他跳到了台场的海里。他的肉体已经在阴暗冰冷的海底腐朽。

就在这时。

"爸爸，爸爸，爸爸。"

苍太哭着扑到了他的怀里，航平大吃一惊。他能感受到儿子的体温，正通过皮肤传导过来。

难道……

航平缓缓地把胳膊环到了哭泣的儿子背后。确实能感受到苍太的体温。这是儿子身上熟悉的气味。他能感受到。能真实地感受到。这是……

航平的嘴缓缓张开。

"这是，这是现实吗？"

"孩子他爸？"

希惠一脸憔悴地看过来。

"苍太，你真的在啊。"

"……我在啊。我当然在啊。"

"希惠……我……"

航平努力地说着。

"我……还活着吗？"

听到这句话，希惠睁大了眼睛。她的双眼涌上了泪水，用力点了点头。

"……是吗？"

希惠的眼泪掉了下来。

"……你活着呢。当然了。你当然活着呢。"

航平也流泪了。他抱住了希惠。身体传来了她的体温。

妻子哭着说道："……我永远跟你在一起，我们是一家人。"

这是家庭温暖的气息。航平还以为自己再也无法得到这些了，但他现在真的感受到了。

这些不会也是濒死体验的幻觉吧？

算了，不管这些。他的愿望实现了，见到了最爱的妻子和儿子……

航平想着，抱着两人的双手加大了力量。

两周后。

今天是个万里无云的好天气。

希惠开着车，航平坐在副驾位上。在那之后，治疗进行得很顺利，航平获得了出院许可。这辆车是妻子从老家带回来的国产车。苍太坐在后面，正在玩他喜欢的轮船玩具。

航平战胜了科塔尔综合征。

现在他都觉得不可思议，他不知道自己之前为何会坚信已经进入了死后的世界。

最大的原因，还是他太软弱了。他认为死是摆脱一切的最佳手段。但现在情况不同了。

当然，他还背着巨额债务。可他现在觉得，总会有办法东山再起的。他必须保护好妻子，还有年幼的儿子。必须拼命地活着。总有一天，这一切都会解决。

汽车拐过一道弯，海边的路映入眼帘。隔着防护栏，碧蓝色的大海一望无际，一切都充满希望。

航平对正在开车的希惠说道:"让你受苦了……是我不对。今后的日子可能会很难,但是我们三个一起加油就好。"

希惠微微一笑。

"好的……"

她顿了一下,表情突然阴郁下来。

"不过……"

"怎么了?"

"……我,可能已经做不到了。"

"啊?"

希惠握着方向盘,直直地盯着前方。她的眼神非常坚定。车子没有转弯,向防护栏冲了过去。航平大叫一声。

"希惠,你怎么了?你要干什么?"

希惠把油门踩到了底,蓝色的大海已经近在眼前。

"这才是最能让我幸福的……"

希惠握着方向盘,声音颤抖着。

"……我们永远在一起。我们是一家人。"

"不要……"

一瞬间,汽车撞上了防护栏。

航平发出了惨叫。

汽车穿过防护栏,飞到了空中。

视野开始不稳定了。天空和大海的景色在眼前极速旋转。随着巨大的落水声,汽车撞到了海面。撞击过后,车内灌入了大量的海水。一瞬间,车内的海水已经灌满。

大量的液体灌进了航平的嘴和鼻子中。他已经无法呼吸。咸咸的海水流进了支气管和肺里。他不停地痛苦挣扎。

好难受。好难受。好难受……

"您知道'御台场'这个名字,为什么在台场前面加一个'御'字吗?"

航平听到司机的这句话,缓缓睁开了眼。

不知何时,他在车上睡了过去。

航平向车窗外看去,东京湾的灯光依稀可辨。

江东区之女

江东区

江东区位于东京东部,濒临东京湾。昭和二十三年,深川区和城东区合并后,因为这里位于隅田川东侧,所以被命名为"江东区"。

该区的深川和门前仲町等地充满了江户风情,残留着浓厚的东京下町氛围。濒临东京湾的临海区,在二十世纪九十年代后半期得到集中开发,实现了迅速发展。

江东区从江户时代就开始了填海造陆,全区面积三分之二以上的土地都是在明治以后填海形成的。

好热。

似乎快要烧光了。她周围的土地滚烫，咕嘟咕嘟地喷着气泡。她在黑暗中挣扎。赶快烧干净吧。如果消失在这片散发着恶臭的土壤中，应该能解脱吧……

但是，这个愿望无法实现。她清楚自己死后是成不了佛的。她的所作所为导致了这样的结果，是不可原谅的。她就算死了也不足以赎罪。

有什么东西从体内涌了上来。就像喷着气泡的土地，她内心强烈的怨念正在不断膨胀。

在没有光线的地下，她正受到强烈怨念的折磨。耳边隐隐传来了鸟鸣和海浪的声音——

深川

今天天气很好,虽称不上万里无云,但清澈湛蓝的天空无边无际。河边吹来的风带着几分凉意,让人颇感舒适。

原田璃璃子站在桥的中央,眺望着河面的风景。

她穿着一件深灰色的羽绒服,搭配牛仔裤,肩上背着一只很大的黑色托特包。束得高高的长发在早春的风中飘拂。

这里是隅田川的下游,河道足足有一百多米宽。随着引擎的声音,水上巴士激起一阵涟漪,渐渐往远处开去。往上游方向走,有高速公路横穿河面,更远处能看到天空树的塔身。

璃璃子看向对面东京湾一侧的下游方向。河口在那里变宽。在阳光照射下,佃岛高层建筑群的倒影映在河面上。

这座桥叫永代桥,架设在流经中央区和江东区之间的隅田川上。桥身全长大约一百八十米。桥体涂成蓝色,钉着铆钉的桥拱坚固无比。桥的视觉冲击感很强,令人印象深刻。

"永代桥是以德国莱茵河上的鲁登道夫铁道大桥为原型设计的,是日本第一座全长超过一百米的桥,被称为帝都东京之门。"

站在身后的学长突然说话了。学长的名字叫岛野仁。他身材修长,穿着笔挺的无领竖纹衬衫和熨得很平整的西装裤。他走近栏杆,开始介绍起来。

"这座桥是在江户时代建成的。当时这边江东区一侧的佐贺町是一座岛，被称为永代岛。因为是在这座岛上建的桥，所以被称为永代桥。"

"诶？那以前江东区这片地方是大海啊？"

"是啊。因为江东区的土地大部分是在江户时代以后填海造陆形成的。"

"这样啊。"

"永代桥是赤穗义士攻入吉良府后，举着吉良上野介的首级游行时经过的桥。在江户中期，有一次因为前来祭奠的群众数量过多，桥身无法承重，造成一千四百人落水身亡，这是史上最严重的桥梁损毁事故。关东大地震的时候，这里发生了火灾，许多灾民遇难，烧死的和淹死的人数非常多。这座桥是灾后重建事务中的一号工程，现在的桥就是当时建成的……"

"那个，学长……"

"怎么了？"

"永代桥的事就说到这儿吧，今天的目的地不是这里。"

"啊，是吗？"

看到学长还没说够，璃璃子撇下他，沿着栏杆往江东区的方向走去。

走到桥头，两人来到了岸边，沿着隅田川的堤坝继续走着。河边的长凳上坐着一个中年男人，正在读体育报纸。还有一个正在打瞌睡的上班族。璃璃子用手机上的地图软件确认着地点。

"这个大坝的另一侧就是永代公园。"

堤坝沿岸延伸着一面混凝土制的隔离墙，两人走到墙的另一侧。墙后紧邻着一座狭长的公园。这里位于隅田川的堤坝和住宅区的小路之间，是一个儿童公园。璃璃子走了进去。公园里的树木郁郁葱葱，氛围并不是那么轻松明快。或许因为现在是上午，除了几位散步的老人，公园里基本没有人影。

走了一会儿，他们来到一个带有秋千、滑梯和沙场的游乐区。璃璃子停下脚步，从包里拿出了一张照片。

照片上是一位年轻的母亲和一个五六岁的女孩——背后是公园的游乐设施。璃璃子举起照片，跟眼前公园的场景进行比较。

"嗯……看起来有点不一样。"

"哪是有点，这完全不一样啊。"

学长在她身后看着照片，突然说了一句。

"我觉得这根本做不到。又没有什么线索，你怎么能查到这张照片的拍摄地？"

"不，必须要查到。哪怕只是为了她，我也得搞清楚这张闹鬼的照片是在哪里拍的。"

璃璃子手里拿的那张照片——

母亲满面笑容地抱着女儿。她看上去三十五岁左右，短发梳理得很整齐，面容端庄。在她的肩膀后面……有一个模糊的小影子。看上去像是一个长发女子。她的脖子以下没有身体，只有头部仿佛飘在空中。

女人的头——

正带着怨念，凝视着照片中的母亲。

那是昨天的事。

在离日落还有大约一小时的时候，璃璃子从都营地铁大江户线的门前仲町站刷卡出站。她来到地上，走到了人群拥挤的永代路上。这里是深川，是东京下町一带。这条路上有许多快餐连锁店、酱菜店、甜品店等保留了传统风格的店铺。永代桥离这里步行也只有十分钟路程。

走了一会儿,她来到一家古色古香的咖啡店。这家店是昭和时期的咖啡店风格,内部装修和装饰都采用了统一的复古设计。正值傍晚,店内非常拥挤。璃璃子等的人还没有到。离约定时间还有二十分钟。窗边的座位都坐满了人,不过吧台旁边的两人座还空着。

璃璃子坐下后,点了一杯混合咖啡。没过多久,一位穿着制服的高中女生向璃璃子打招呼。

"您好,是原田小姐吗?原田璃璃子小姐。"

女生梳了两根辫子,看上去很淳朴。璃璃子站起来,笑着迎接她。

"我是原田,初次见面。你就是……"

"……对,就是我发的邮件。我叫益子由菜。初次见面。"

她一边说着,一边深深鞠了一躬。大概是第一次接受采访,她有些紧张。她基本没有化妆,看上去是一个挺认真的孩子,眼睛很大,非常可爱。

"你坐下吧,喝点什么吗?"

璃璃子温柔地问道。

"谢谢。"

她回答得干脆利落,坐到了璃璃子对面,叫来服务员点饮料。她点了橙汁,寒暄了几句。

"那我们开始吧。"

"好的。"

由菜的表情黯淡了下来。她低头向下看着,缓缓地开始讲述。

一个月前,璃璃子负责写策划的那家杂志社的编辑部收到了一封恐怖的邮件。

"我们家被诅咒了,请鉴定一下这张照片。"

邮件附件是一张照片,照的是公园里的场景,一对母女欢笑着。她们身后飘着一个可怕的影子。一个女人的头……

"这个能写篇报道吧。"

在编辑部把照片拿给她看的时候,璃璃子吓得全身汗毛倒竖。她对幽灵的感知力比一般人强很多。这可太糟糕了。这张照片是真的。先不管能不能写成文章,这件事她绝不能坐视不管。璃璃子立刻回了邮件,跟发信人益子由菜预约见面。

由菜在都内公立高中上学,现在是高一的学生。她家离这里很近,在深川经营一家洗衣店。

"我整理旧相册的时候,发现了这张照片。"

由菜说着,从书包里拿出一个素色的信封。她取出照片交给璃璃子。这是那封邮件里面照片的实物。璃璃子拿在手里端详着,不禁咽了一口唾沫。果然跟在电脑上看的感觉完全不同。照片透着一股非同寻常的气息。

"这张照片是什么时候拍的?"

由菜的表情很微妙,她答道:"可能是在我五六岁的时候吧。"

"这个女孩是你吗?"

"是的。跟我在一起的是我妈妈。"

"照片是在哪里拍的?你知道吗?"

"我不记得了。那是很小的时候的事情。我问了妈妈,她也不知道。她不太喜欢灵异照片这类东西。"

根据由菜所说,这张照片是用数码相机拍的,原始数据已经没有了。

"是吗……那是谁拍的呢?你应该记得是谁拍的吧?"

"是我爸爸拍的。但是他在我上小学的时候去世了。"

由菜说着低下了头。

"是吗？对不起。"

"没事……我在邮件里写了，我家被诅咒了。"

"被诅咒是怎么回事？"

"我家的人死得都很奇怪。奶奶在我出生前在浴室上吊自杀了，那之后爷爷也割腕自杀了。爸爸也是卧轨自杀……"

由菜说完停了下来。她含住吸管，吸了一口果汁。璃璃子观察了一下她的表情，问道："由菜，你有兄弟姐妹吗？"

"没有。"

"那你家……"

"现在是我跟妈妈两个人住，爸爸去世以后，妈妈一个人打理洗衣店。她一天到晚都在工作……听说爷爷在的时候，我们家开了几家料亭，家里曾经很有钱。但是爷爷去世以后，经营得就不好了……我爸爸是养子，但是他继承料亭后，改行做了连锁洗衣店，借了很多外债，最后失败了。爸爸死后，妈妈一个人一边还外债一边养我……所以我很怕。我们家是不是被诅咒了？"

看着桌上那张可怕的照片，由菜继续说道："这张照片……后面的这个女的，一直在盯着妈妈。我特别担心她出什么意外……"

由菜的眼睛含着泪水。璃璃子受到她的感染，泪腺也开始松动。

"所以我才给杂志写了信，您能留着这张照片吗？"

"嗯……照片上这个女人的影子，如果知道她是谁就好了。有没有什么线索？这张照片是在哪里拍的呢？比如，是不是跟家里出去旅游时拍的？"

"父母都在不停地工作，我基本没什么关于旅行的记忆。这可能是我家附近的公园。"

"附近指的是深川一带吗？"

"是的……具体的地方我也不知道。对不起。我们家基本没出过远门……这很可能是江东区，或者周边什么地方的公园。"

"应该不是这个公园。"

璃璃子拿着由菜给她的照片，跟眼前带有沙场和游乐设施的广场对比着。

"这些设施的感觉不一样，天空的样子也不一样。这张照片上天空面积很广，但是这个永代公园被树和建筑挡着，看不到多少天空。"

璃璃子说完，迅速把照片收回包里，往前走去。

两人从大坝对侧的出口走出公园。他们经过的这一带都是陈旧的工厂和住宅。这里的运河四通八达，能看到复古风情的海苔工厂和屋顶形游船的码头。眼前全是东京古色古香的风景。

"我说啊，像你这样到处乱走是找不到的。你可以上网查啊，方法有很多。"

"我上网查过了，没能弄明白。江东区的公园总共有三百个左右。挨个排查的话，最后总能找到的。"

"可你也不知道照片究竟是不是在江东区拍的啊。再说，拍摄地也不一定是公园。"

璃璃子没有回答，继续向前走着。学长在她身后说道："这种灵异照片肯定是胡闹。要么是光线造成的错觉，要么就是来信的那个女高中生的恶作剧。这种照片很容易用电脑伪造。"

"由菜不是那种人，我相信她。不管怎么样，我想找到照片上的公园。"

"说得也是。对你来说，把女高中生的恶作剧信以为真，写成专门报道，反而是好事。"

"不是这样。"

璃璃子并不是非要把这件事写成文章。由菜的诉说打动了她。她只是想帮帮这个孩子。另外……璃璃子一直在找的东西，或许就在江东区。她怀着这种期待。她需要直面一个恐怖的事实……她为了查清原因，解决问题，正在逐个走访东京二十三区。

穿过几座小桥，他们来到了河边一处开阔地带。修整过的公园一直延伸到视野的尽头。这里是越中岛公园。这个公园沿着隅田川的支流丰洲运河而建，也在堤坝旁边。运河虽说是隅田川的支流，但是河道很宽，到河对岸足足有一百多米。公园中布满了绿树和长凳，人们在这里度过小憩时光。

"会不会是这里？跟刚才的永代公园不一样，这边的天空很开阔啊。从由菜家走过来也不远。"

"但这里没有那些关键的设施之类的东西。"

"应该就在附近。"

璃璃子说着走了出去，但他们并没有找到由菜照片中的地方。公园里有夏天供孩子游玩的水池，但是并没有秋千和滑梯等游乐设施。

出了越中岛公园，两人往由菜家的洗衣店所在的深川走去。途中经过了几个儿童公园，但是其中并没有与照片类似的地方。

到了深川，在门前仲町的站前，两人沿着永代路的商店街走着。街上的行人川流不息。骑自行车的配送员、正在从推车上卸货的穿着运动背心的年轻人……街头充满了一种独特的活力。

经过车站后走了一段，两人来到了参拜者聚集的参拜道路入口。这条路通往江户相扑的发源地——富冈八幡宫和深川不动明王堂。

"你知道这一带为什么叫深川吗？"

走在后面的学长突然开口问道。

"不知道。"

听到璃璃子这么说，学长如鱼得水地开始了介绍。

"深川这个地名，起源于德川家康入驻江户之后。刚才我说过，当时这一带的地名叫作永代岛。虽然名字叫岛，但其实是河流带来的土沉积形成的海边潟湖，人没法在这里居住。造陆开发这片土地的人叫深川八郎右卫门。庆长元年，德川家康来这里巡视，问八郎右卫门'这里叫什么名字'，他回答说，'这里刚刚填起来，还没有名字'。家康于是命令，'那就以你的名字命名，建一个村子吧'。从此根据八郎右卫门的名字，诞生了深川这个地名。"

学长滔滔不绝地说个没完。璃璃子一边认真听着他的话，一边往前走。参拜的道路上布满了茶屋、小摊和老字号的鳗鱼料理店等，保留着江户时期的风情。

"此后大约一百年间，如果要来深川，只能坐摆渡船。随着富冈八幡宫和元禄时期永代桥的建成，大量人口涌入深川地区。因为这里是与本土一桥相隔的海岛，上面对这里没怎么留意，武士和町民们变得自由奔放，沉浸在本土体验不到的放荡不羁的氛围里。独特的风土和人情共同造就了'深川风情'这个词。如果说江户人的气质是在深川这里形成的，也并不过分。"

"原来如此。深川这种独特的氛围，是因为过去它是海岛啊。"

璃璃子听着学长的介绍，沿着深川的参拜道路前进。走了一会儿，来到了深川不动明王堂。进主殿参拜后，她向左手边的深川公园走去。就町里的公园来说，这里的面积已经很大了。学长说这里过去是一座寺庙，叫永代寺。门前仲町这个名字，本意指的也是永代寺的门前町。

进入公园，里面有几个主妇正在陪孩子玩耍。虽然有秋千和滑梯等设施，但这里显然不是由菜照片里的地方。

两人走出深川公园，进入了住宅区，十分钟后，来到了一家很小的洗衣店跟前。店铺位于一栋两层住宅的一楼，从陈设来看，已经有些年头了。入口的窗框上方挂着藏青色的招牌，上面的店名和电话号码等字样已经褪色。

这里是由菜的家。隔着玻璃窗往店内看去，一个中年女人正在熨烫机前认真工作。她头上缠着白色毛巾，身上穿着围裙。她就是照片里的女人，是由菜的母亲。璃璃子本想直接进去找她，但还是停住了脚步。

璃璃子没有作声，离开了洗衣店。由菜曾经跟她说，给杂志投稿的事要对母亲保密。再说，一个陌生人拿着自己的老照片找过来，她母亲也会吓一跳。

那一天，直到傍晚，璃璃子把深川周围的公园走了个遍，但还是没能确定照片的拍摄地。

龟户

第二天一早，璃璃子和学长来到了龟户站。龟户是位于江东区北部的街区，车站西侧就是墨田区，而穿过东侧的旧中川，就是江户川区了。龟户站有JR总武线和东武铁道经过，车站周边是商业区，经济发展得很快。

两人从龟户站出来，在车站周边散步。从弹子机店到金融信贷，从烧烤店到风俗店，街上各类店铺挤得满满当当。路上的行人多半也是看上去很疲惫的中老年男人。站前有一个区域叫山茶花广场，那里有龟户最有名的长了翅膀的乌龟铜像。"山茶花广场""乌龟铜像"，到处都有"龟"的元素①，应该是受了龟户这个地名的影响。

来到车站南侧，璃璃子在明治路和京叶路的路口停下来。虽然已经过了上班高峰期，但路上仍然有很多人。身后突然传来了学长的声音。

"龟户是江东区内历史最悠久的街区。据说江东区的大部分土地，在绳文时期以前都还是海水。之后河流带来了许多泥沙，陆地的面积得以扩大。在江户幕府成立很久之前，这里曾是由沙滩和海湾构成的。有一种解释说，龟户这个地名的由来，是因为

---

① 此处山茶花的说法是"kameria"，与乌龟的说法"kame"近似，因此称与"龟"有关。

这座岛的形状类似乌龟，名叫龟岛。龟岛的周边不断有泥沙沉积，使其与周围的岛连成了一片，龟岛变成了龟村。村子附近有一口井，被称为'龟井'。"

璃璃子一边听着，一边走过路口。

"你这次究竟想去哪里啊？这里离深川的由菜家可是够远的。"

这里离深川大概五公里。璃璃子决定今天从龟户出发往南走，在江东区内寻找照片中的公园。

她从京叶路走上了往南延伸的一条游步道。这里是都营电车的轨道遗迹改造成的公园游步道，叫大岛绿道公园。璃璃子已经走了一段路，但并没有发现任何有游乐设施的地方。两人穿过首都高速七号线的高架桥下。从这里往前，街区名就变成了大岛。两人沿路继续走着。

"有没有效率高一点的办法？你也体谅体谅我，我可是一直陪着你啊。"

学长在身后没完没了地说着。

"我每次都跟您说过，不用劳驾您专门陪着我。"

"但是没有我，你可怎么办啊？"

"我没事。"

"你没问题吗，我不在的话？"

"完全没问题。"

"真的吗？"

"真的。学长你……"

璃璃子停下来看着学长。

"怎么啦？"

"……你只是想说话吧？一直这么跟着我。"

学长闭上了嘴。被她说中了。学长这个人一旦被人猜中心思,就会变得一言不发。璃璃子再次向前走去。

沿着游步道走了二十分钟,来到了明治路。璃璃子离开游步道,沿着明治路往南走。走了一会儿,看到一座桥。她在栏杆前停下,望着桥下的流水。这条河并不宽,也没有任何弯曲,呈一条直线流淌着。

"这条河叫小名木川,是根据德川家康的命令开凿的运河。"

学长终于开口了,他还是受不了沉默。

学长说,小名木川是德川家康为了给江户输送盐等物资而开凿的运河。在江户时代,水上交通是物资流通的关键。现在东京到处都有运河也是当时的遗留。

"江东区和墨田区等东京下町,在关东大地震和东京大空袭中都有大量的遇难者。在关东大地震时,墨田区本所地区的空地上聚集了大量难民,其家中的物资被点燃,引发了火灾旋风,大约四万八千人被烈焰夺去了生命。当时在这条小名木川上,尸体就像叠起来的榻榻米一样,在水面铺了几层。不光是小名木川,江东区大部分河流中都充塞着无数遗体。之后的东京大空袭,死者人数足足有震灾的两倍以上。当时江东区的河里也堆满了因空袭而丧生的人们的尸体。"

璃璃子望着这条灰色的运河。远处传来了引擎的声音,那是正在行驶的带有斜屋顶的游船。这是东京下町最寻常不过的风景,但是在不久的过去,这条河曾经是人间地狱。许多人无辜丧命,河道被数量众多的尸体所堵塞。而且这惨绝人寰的事情还发生了两次……

第一次看到由菜的照片,璃璃子就感受到了。照片里藏着一个恐怖而扭曲的东西。她的真身是被封存在历史深处的负面力量……璃璃子确实感受到了。

穿过小名木川,他们继续沿着明治路往南走。途中,他们在公园驻足彷徨,但始终没有找到由菜照片中的地方。走了大约一个小时,他们来到了设有地铁东西线车站的东阳町。

东阳町恰好位于江东区的正中央。江东区政府也在东阳町,因此这里也被称为江东区的中心。车站周边很开阔,建有许多面向老百姓的超市和旧商店,很有东京下町的氛围。由菜的洗衣店所在的深川,从这里往西走两公里就能到达。

"刚才我说过,江东区的土地是因为河流泥沙堆积而扩大的。看明治初期的地图,陆地在这个东阳町一带就到头了,再往前全都是海。"

学长走在璃璃子前面,继续说道。

"明治时代?那离现在不是很久远啊。"

"是的。从这里往南,江东区全部的陆地,都是明治以后靠人们的双手填出来的。"

"从这里往南,这片范围不小呀。"

"对,江东区三分之二以上的土地都是在明治时代以后建成的。本来填海造陆就是从江户时代开始的,深川和永代岛周边就是那个时候填出来的。江东区大部分的土地都是从江户时代到近代,然后现代……对了,现在这里也在继续填海造陆,扩大面积。"

学长突然停住了,转身对着璃璃子说道:"那你知道究竟为什么,江东区的土地必须要不断扩张吗?"

"那是因为……随着人口增加,还有种种情况,必须不断增加土地面积和住房吧。"

"那当然了,但不仅仅是这样。江东区一带不断扩大土地面积,还有一个不得已的理由。"

"不得已的理由?"

"你不知道吗?"

看着璃璃子惊讶的眼神,学长没有说话。璃璃子回答道:"我不知道。"

听到她的回答,学长默默地迈开步子。他好像生气了。"江东区土地不断扩大的理由"会是什么呢?璃璃子真的不明白。

之后,他们把东阳町的公园转了个遍,但没有什么成果。从这里再往西走就是深川了,因为昨天已经找过深川的公园,所以他们选择继续南下。

他们沿着明治路,往东京湾的方向走去。大型卡车发出轰鸣声疾驰而过。这是一条单侧三车道的宽阔的直线道路。周围运河密布,桥梁众多,地势高低起伏很大。

走了一阵,他们来到一处叫新砂的地方。道路的两侧建有巨大的工厂和物流中心。学长从刚才开始就一直沉默不语。璃璃子小心翼翼地跟走在前面的学长搭话。

"学长……这一带也是填海造陆的地方吧?"

"是的。"

学长头也不回地答道,显得有些粗鲁。

璃璃子看着学长的背影,问出了刚才那个问题。

"不好意思,学长你刚才说的,江东区土地不断扩大的原因,能告诉我吗?"

学长停住了。他用无神的眼睛看了璃璃子一眼,然后接着往前走,开始说话。

"随着江户城市的发展,人口也急剧增加,然后就发生了一个大问题,一直困扰着江户的居民。"

"是不是土地不够用了,所以才填海造陆……"

"土地不足不是填海造陆唯一的理由。人口增加了，城市就会出现各种各样的问题，其中最严重的问题，你觉得是什么？"

"最严重的问题？"

"你不知道吗？"

"嗯。"

学长深深叹了口气，然后说道："是垃圾的处理。"

"垃圾？"

"在江户初期，老百姓把垃圾扔到附近的空地，或者河流和沟渠里。当时的空地很多，所以许多地方都可以扔垃圾。河流和沟渠是最适合扔垃圾的，因为水流会把垃圾运到其他地方。但是随着人口的增长，垃圾的数量也越来越多。空地的垃圾堆成了山，河里的垃圾阻碍了船只通行。在江户成立幕府五十年后，幕府下令禁止人们向河流里投放垃圾，而是用船只将垃圾运出海，扔在永代岛的周围。但是把垃圾运出海扔掉是很费力气的。所以人们联合起来，邀请专业的垃圾处理承包商来处理。这是垃圾回收的起源。永代岛周边，隅田川河口附近的海域，在江户时期一直是垃圾投放地。垃圾不断增多，在海中堆积起来，形成了新的陆地。"

"垃圾还能形成陆地啊？"

"是啊。不过当时所说的垃圾，跟我们今天的概念是有些不一样的。当时的垃圾基本是纸、土、瓦砾等类似沙土的东西。扔到海里的话，自然会形成陆地。就这样，江户市内的垃圾问题得到了解决，土地的面积也有所增加。对于幕府来说，这是一举两得的好办法。他们决定今后在海中设置专门的垃圾投放点，有计划地进行填海造陆。一开始选的地点就包含了深川的永代岛一带。但是随着江户人口的增加，垃圾数量也在增长。永代岛周边都被填了起来，因为丢弃垃圾而形成的陆地面积不断扩大。今天我们走过的小名木川以南的所有地方，都是在江户时代填海造出来的。"

"江东区一带大部分土地都是这样来的吧。"

"是的。明治以后，垃圾投放引起的填海造陆还在继续。刚才走过的东阳町和木场，就是明治时代填海造出来的。前面的丰洲和有明，则是在大正到昭和年间……江东区的土地还在不断扩大。"

江东区的土地之所以不断扩大，原来是因为从江户时代开始我们不断排放的垃圾。她虽然住在东京，却不知道这些。璃璃子感到有些惭愧。

听着学长的话，璃璃子沿着明治路继续南下。沿着工厂街走了一阵，穿过新砂二丁目的信号灯，来到了一座架在运河上的大桥旁。这条很宽的运河叫作砂町运河。运河的西侧能看到一片高层住宅聚集区。那里是丰洲，是一片新开发的住宅区，人气很高。面积如此广阔的土地，却还在不断地扩张。这与人类生活垃圾的废弃有着密切的关系。想到这里，璃璃子的心情很复杂。

走到桥对面，周围的景色焕然一新。之前路边全是工厂和仓库，但在这里，绿意盎然的公园一直延伸到远方。

"在经济高速发展期，东京的人口实现了爆炸式的增长。与此相对的，东京人制造的垃圾也在显著增加。当时，在东京二十三个区中，大部分垃圾都集中到了我们现在所在的江东区的这个位置丢弃。"学长停下来，望着四周说道，"这一带是第十四号填海造陆区，别名'梦之岛'……"

梦之岛

车灯照亮了黑暗的道路。

握着方向盘的手还在不停颤抖。

三十分钟前,凌晨一点多,史郎走出了洲崎的住处。他驾驶的蓝鸟在深夜的明治路上飞驰。

史郎表情僵硬,双手死死地攥着方向盘。他已经想过了。就这样一直往南开,应该能到达目的地。副驾驶座上的伸子从刚才起就一直闭口不言。这也难怪。她应该还在举棋不定。为了让她放心,史郎开口道:"你没事吧?"

"嗯……"

"花苗睡着了吗?"

花苗是史郎和伸子的孩子,今年夏天刚出生。

"阿妙很会照顾孩子,应该没事。"

伸子的声音很细。阿妙是来家里帮忙的主妇,就住在他们家附近。从花苗出生开始,她就帮了很多忙。

幸运的是,路上没有多少车。因为中东战争,从去年开始日本的石油供应量急剧减少,汽油随之涨价。为了节约能源,城市的交通量有所下降,霓虹灯也都消失了。

史郎不久前刚满三十岁。但可能是穿着打扮的原因,他看上去总比实际年龄要大。今天他穿着朴素的浅驼色衬衫和黑色裤子,也是他往常的装扮。

他时不时看一眼副驾驶座。伸子只穿着居家服,披着一件薄薄的对襟毛衣。她一直低着头,两手紧紧地握在一起。史郎想看看她的脸,但她的脸被披散的长发遮住,只露出了洁白的颈部。

"等过了年,我想好好过日子。当然,我不是因为出了这件事才这么说的。"

伸子没有回答,史郎继续说道:"真的,明年我们结婚吧。我们已经……"

"别说了。"

伸子打断了他,史郎只好闭嘴。伸子勉强挤出一句话。

"事到如今,你就别说这些了。"

车内再次恢复了寂静,只有蓝鸟汽车的引擎在发出声音。

史郎并没有说谎。他发自肺腑地爱着伸子和花苗。等过了年,他想把伸子正式娶回家,一家三口过日子。为此他别无选择。所以……

再过一个月,今年……昭和四十九年就要结束了。到那时就跟伸子结婚吧。史郎心中暗下决定,不知不觉地,握紧方向盘的手开始颤抖起来。

过了大约二十分钟,史郎驾驶的蓝鸟到达了目的地。这条路是一条笔直的直线,路面铺设着沥青。根据地图显示,再往前开就到海边了。把车停到路肩后,史郎注意观察着四周。没事,这里没有人。他关掉车灯,周围一下子暗了下来,只有远处星星点点的路灯有一点光亮。他取出准备好的手电,打开了车门。

下车的一瞬间,史郎捂住了口鼻。带着臭气的风往鼻孔里钻来。他捂着鼻子,来到车的尾部。隐约能听到海浪的声音。虽然知道来到了海岸附近,但周围太暗,看不到海。副驾驶的门也开了,伸子从车上下来。她受不了臭味,用手帕捂住了口鼻。

史郎把手电放在地上,打开了后备厢,将手伸向后备厢里塞得满满当当的行李。行李用麻绳捆得很紧,蓝色防水布包得严严实实,一个人无论如何也搬不动。他让伸子过来帮忙。她走过来,把脸转过去,尽量不去看这件行李。

两人总算把行李卸了下来。史郎把行李暂时放在地上,回到驾驶席。他把插在引擎钥匙孔里、拴在鳄鱼皮钥匙包上的车钥匙拔下来,锁上车,把钥匙装进口袋,从地上捡起手电夹在腋下。他催促着伸子,两人再次把行李抬起来。

他们抱着行李,走向道路旁边的土地。本以为进去要费一番功夫,没想到很容易就成功了。路边只有挡风的隔离带,留出的空隙足够人钻过去。两人抱着沉重的行李,在黑暗中前进。

走了一会儿,眼睛逐渐习惯了黑暗。月光下,眼前是一片荒凉的景色。许多小山丘重重叠叠压了好几层。这些全都是垃圾山。虽然之前听说过,但史郎还是第一次见到这么多垃圾,甚至感到有些震惊。

两人爬到了垃圾山上。这些厨余垃圾滑溜溜的,他们有几次险些滑倒。越往里走,臭味就越浓。周围的气温也在上升,再加上搬运重行李的疲劳,史郎额头上冒出了汗水。伸子也很累,但也在拼命搬着行李。她一心想要尽快逃离眼前的现实,史郎的心情跟她一样。

"歇一会儿吧?"

史郎对着疲惫不已的伸子说。她没有说话,停了下来,松开手把行李的一端放在了垃圾上。她弯下腰来,呼呼地喘着粗气。

史郎把手电收到臀部的口袋里，挽起麻质衬衫的袖子擦了擦汗。

过了一会儿，两人继续抬着行李前进。视野中的垃圾山像沙漠一样无边无际。垃圾的种类也有很多。损坏的电视和冰箱的残骸、腐烂的旧轮胎、破烂的塑料容器堆积成山。还有旧报纸、杂志和蔬菜、剩饭等厨余垃圾。马桶像骷髅般堆在一起。几具已经散架的人体模型，还有爬满蛆虫的野狗尸体。这里也太热了。明明正是寒冬，为什么这么热呢？说起来，刚才在路上遇到了几处垃圾燃烧点，还看到远处有冒着火焰的地方。应该是垃圾产生的气体被点燃了，所以才这么热。

伸子的步伐不太稳，吃力地搬着行李。下车之后，他们不知道已经走了多远。行李扔到哪里好呢？不能让别人看到。如果离马路太近，他们放不下心。他们想尽量扔在不显眼的地方，但是如果再往前走，有可能会找不到回去的路。此外，她也快忍受不了臭味了。因为两手都要搬运行李，她没法捂住口鼻。如果有口罩就好了。空气的温度很高，她感到头脑昏昏沉沉。再这样下去，可能会染上什么怪病。

突然，伸子停了下来，捂住了嘴。行李的一端啪的一声掉在她脚前。她背过身去，吐了起来。史郎停住脚步，放下行李。

"你没事吧？"

伸子没有回答，一直在呕吐。她可能已经到了极限。

"那就放在这里吧。"

史郎说完，蹲在裹着防水布的行李前，在月光下，将垃圾山的风景尽收眼底。视线前方是一个如同山谷斜坡的急下坡。

他双手用力推着行李，却推不动。继续使劲，行李缓缓移动了一点。他想让行李离马路更远一点，于是蹲在行李前，使出了浑身的力气。行李动起来，滚到了斜坡上。

史郎站起来看着行李。滚落的行李被位于斜坡中央的一个冰箱挡住，停在了那里。史郎想让行李往谷底的方向再去一点，但也没有办法。他正想转身离开，却突然停下了脚步。他仔细一看，因为滚动造成的弹力，防水布被掀了起来。史郎慌忙沿着斜坡往下跑。他的脚已经不听使唤，本想下到行李所在的位置，却重重摔了一跤。他爬起来，往行李的方向走去。

防水布里面的东西露了出来。那是一个穿着鲜红色衬衫的女人。她的双手无力地垂着，好像要钻出袋子一般，倒在了垃圾堆上。这个女人体格很大，像海豹一样身材丰满。她手上颜色刺眼的指甲油和结婚戒指正闪着光。史郎抓着掀起的防水布，拼命遮盖女人的身体。女人一动不动，凌乱的黑发贴在脸上，肿成紫色的脸全无生气。

史郎用布包住女人的身体，再次系紧绳子。完成一系列动作，他用手掌擦了擦额头的汗，往斜坡上方跑去。途中，有一大群苍蝇飞到了他的脸上。他慌忙用双手赶走苍蝇，总算回到了伸子所在的地方。她正用手帕捂着嘴角呻吟，呕吐似乎已经停止了。史郎也从口袋中取出手帕，捂住了嘴。

"走吧。"

史郎催了一句，两人离开了这里。

史郎杀害自己的妻子志津子，原因纯属偶然。

那是今天傍晚过后的事情。突然，志津子闯进了他和伸子居住的房子。

志津子性格非常暴烈。一旦有看不惯的事，就会立刻闹起来。被她打过的料亭服务员一只手都数不过来。史郎也多次挨过她的耳光。他们是相亲结婚,当时史郎觉得她虽然身材高大,但脸庞很精致,属于美女的范畴。订婚的时候,她还毕恭毕敬的,但是正式成为妻子后,就立刻显现出了本性。

她这种巾帼不让须眉的性格,作为料亭的女老板本身是很合适的,这不可否认。几年前史郎的父亲去世,料亭的经营状况不善。志津子变成女老板后,操持料亭的各项事务,从此顾客纷纷再次光临,生意又兴隆起来。因此史郎觉得在妻子面前抬不起头来,受到了欺压。

伸子是料亭的女佣,身材苗条又文雅娴静,一切都跟妻子截然相反。史郎被伸子吸引,不久后跟她发生了关系。史郎多次背着志津子与伸子幽会,不久后伸子怀孕了。今年夏天,以花苗出生为契机,史郎搬出了家,开始与伸子住在一起。

他想跟妻子离婚。与她的夫妻生活已经到尽头了。他要与志津子离婚,跟伸子和女儿三个人一起生活。为此,他甚至觉得把料亭出让给志津子也可以接受。

所以,当志津子今天出现在他和伸子的住处时,他的态度非常坚决。志津子穿着鲜艳的红色花纹衬衫,化着很浓的妆,身上穿戴着珠宝,站在玄关那里。有段时间不见,她更胖了。

"你来干什么?"史郎假装平静地问。

他其实从心底害怕志津子。他知道她的脾气,一旦发火,她就会不顾一切后果。但是当着伸子的面,他不想表现得太粗暴。如果不在这里说清楚,他恐怕永远无法逃离志津子的魔掌。

"我决定跟伸子结婚,所以,咱们离婚吧。当然了,相关的事我都考虑清楚了。损失费我会赔给你,店也可以让给你。咱们分手吧。无论如何,请你别再来这里了。"

史郎如同连珠炮一般说完了这段话。他已经顾不了那么多了。这样跟妻子说话，恐怕是结婚以来的头一次。听了史郎的话，志津子的大脸憋得通红，显得更大了。史郎虽然已经做好了准备，但是志津子的火气比想象中更盛。

"你在胡扯些什么？"

志津子话音未落，就重重一巴掌打在了丈夫脸上。沉闷的耳光声在家中回响。史郎倒在了入口处的门框上。志津子将前来劝架的伸子一把推开，穿着靴子朝史郎的胸前踢了一脚。剧烈的疼痛让史郎翻了一个跟头，仿佛呼吸都停止了，站都站不起来。

"你们有孩子吧？孩子在哪儿？"

志津子一脚踢开伸子，开始在家中搜寻。屋子的面积并不大，正在四叠半大小的里屋睡觉的花苗立刻被发现了。志津子一把扯掉被子，把孩子抱了起来。花苗就像被火烧着了一般大哭起来。志津子粗壮的右手按到了婴儿的脖子上，开始用力。

"不要！"

惊慌失措的伸子紧紧拉着志津子，拼命想要阻止她。但志津子没有松手。伸子发出了从未有过的叫喊。

"松手！我让你松手！"

伸子一口咬住了志津子的胳膊。

"啊！"

志津子终于松了劲。伸子趁机抢过了花苗。志津子的小臂流出了血。她捂着右臂，瞪着伸子。

"你好大胆子，勾引别人家老公，还生了孩子……那好，我先杀了你！"

话音未落，志津子的双手按住了伸子的脖子。伸子那雪白细长的脖子被狠狠卡住。她抱着花苗，嘴里发出呜咽的声音。志津子的双手继续加力,她要让丈夫的情人断气。她的表情已经疯狂。伸子眼看着就要不行了,就在这时——

志津子的脖子突然缠上了一圈电线。史郎站在她身后,用尽力气把电线勒紧。志津子的手松开了。史郎仍然没有松手,用力勒着妻子的脖子,像是在祈祷一般。伴随着猛兽般的呻吟声,志津子的脸渐渐膨胀发紫。她的眼睛猛然睁大,充着血瞪着史郎。史郎尽量不去看她。然后,志津子的嘴里流出了带泡沫的唾液。没多久就沾满了她的红衬衫。不一会儿,她停止了呜咽声,眼睛已经不再聚焦。她海豹一般的身体朝史郎的方向倒去。史郎扶住她,闻到了一阵劣质化妆品的香味。这时史郎想到,上次像这样抱着妻子,已经不知道是什么时候的事了。

对着志津子一动不动的身体,史郎一筹莫展。伸子主张应该报警,因为是志津子先动的手,所以他们应该会被认定是正当防卫。但真的会是这样吗?如果没被判正当防卫,而是杀人罪的话,那可是要判刑的……想到这里,史郎的脑中闪过了一丝不安。他绝对不能进监狱。他不愿因为这样一个女人,白白断送自己的人生。

就在这时,他突然想到了梦之岛。据说把尸体扔在那里绝对不会被发现。那里每天都汇集了大量的垃圾。如果夜里去把尸体扔掉,很快就会有新的垃圾覆盖上去,所以不会被发现。据说曾经有杀人犯招供说抛尸在了梦之岛,但最终警方也没有发现尸体。

他们决定把志津子的尸体扔到梦之岛。幸好,那里离家并不远。开车的话,不出三十分钟就能到达。但是像她那么胖的身躯，一个人无论如何也搬不动。他好不容易说服了伸子帮忙。两人等待着夜幕降临。只留下吃奶的孩子在家无论如何也说不过去，所以他们找了个理由，把孩子托付给了住在附近的主妇。

瞅准深夜的时机，他们用防水布把志津子的身体包了起来。用绳子绑紧后，两人费尽周折把她抬到了蓝鸟汽车的后备厢里。然后，他们来到了梦之岛。

在令人作呕的臭气中，史郎把手伸向伸子。她脸色苍白，看上去就要晕倒了。不仅是臭，这里实在是太热了。

史郎一边擦着额头上的汗珠，一边向刚才停在路边的蓝鸟汽车走去。因为没有行李，比来的时候轻松了许多。即便如此，在坡度非常陡的垃圾山上行走依然不是件容易的事。脚下的路况不好，经常被滑溜溜的垃圾影响，他有几次都差点跌倒。

史郎握着伸子的手，加快了速度。他们得尽快离开这里。只要离开了梦之岛，他们犯罪的证据就很难找到了。但他的脑海中闪过了一丝不安。遗体扔在这里很难被发现，真的是这样吗……

嗯，应该没问题。在这片沙漠一般大面积的垃圾堆中，发现一具尸体应该是不可能的。天亮之后，来自东京各地的数量庞大的垃圾又会被堆到梦之岛。志津子的尸体会被淹没在垃圾堆中。没关系。绝对不会被发现的。绝对不会。

史郎和伸子用尽全力在垃圾山上奔跑。离蓝鸟汽车停着的路边，已经越来越近了。

梦之岛公园

璃璃子看了看手表，已经到了正午时分。从龟户站出来，已经走了三个多小时了。

笔直的道路两侧是绿意盎然的公园。路上基本没有行人，路肩停满了集装箱车和卡车。跟昨天一样，春天的天空依然清澈碧蓝，阳光非常耀眼。

"梦之岛……这里曾经是被称作东京湾十四号填海造陆区的人工岛。经济高速增长带来了物质上的富裕，但也助长了一种社会意识，即通过大量生产、大量消费导致的'用过就能扔'和'消费即美德'。结果导致了垃圾数量剧增，从昭和三十五年开始的十年间，东京市内的垃圾数量翻了一倍。为此，东京把这个地方规划成了垃圾处理场。"

走在行人稀少的路上，学长还在一直说个不停。车道上，出租车和观光巴士来来往往。前面就是JR京叶线和地铁有乐町线的交叉点——新木场站。

"梦之岛利用垃圾进行填海造陆，是从昭和三十二年开始的。当时东京二十三区产生的垃圾，有七成都运到了这座梦之岛，数量是一天六千三百吨。垃圾处理场的面积是三十五万平方米，比七个东京巨蛋加起来还大。"

在路上走了一阵，两人来到公园入口。公园招牌上写着"梦之岛公园"的字样。

"梦之岛虽然以面积大著称，但过了十年，也达到了饱和状态。在昭和四十二年，填海造陆被叫停了。之后这里修整土地，种植大量树木，变成了现在这个公园的样子。"

璃璃子眼前的这个公园面积巨大，园内花草树木郁郁葱葱。乍看之下，很难想象过去这里曾经是堆满大量垃圾的处理场。在这个梦之岛公园，或许真的有由菜照片的拍摄地。公园开始营业是在昭和五十三年。照片拍摄于由菜五六岁的时候，也就是大约十年前，平成十七年前后。真的有可能。而且，那张照片上蓝天的占比很多，而这座梦之岛公园面积很大，其中也有类似的地方。

两人走到公园里，沿着种满桉树等热带植物的狭长通道继续前进。虽然刚过正午，但路上基本没有人。走了一阵，路变得宽阔起来，汇入了混凝土路面的大路。路的中心是田径竞技场和体育馆、带有圆顶温室的热带植物馆等。这是一处被绿色环绕的开放空间，但是这里也并没有多少人，只有远处能看到几个穿着运动衫的年轻人。

两人沿着公园的中心道路向前，这里已经完全感受不到垃圾处理场的氛围。只不过，虽然植物很多，整备得也很漂亮，但仍然有一种人工的感觉。

"自从开始在东京湾投放垃圾之后，江东区就不断被垃圾问题困扰。"学长走在梦之岛公园宽阔的路上说道。

"在这个梦之岛还是垃圾处理场的时候，全东京收集来的垃圾既没有分类，也没有烧毁，就直接丢弃了。周边地区会弥漫着腐烂垃圾散发的恶臭，有时还会因为厨余垃圾产生的甲烷被点燃而发生火灾。每天都有五千辆垃圾处理车引发交通堵塞和事故，住宅区垃圾被风吹得到处都是，江东区居民因为垃圾公害承受了严重的损失。昭和四十年，梦之岛滋生了大量苍蝇，事态一度非常严重。据说这种苍蝇属于新品种，用普通的杀虫剂无法杀死。"

"新品种？"

"是的。它们在垃圾处理场中世代繁衍，产生了一种对杀虫剂免疫的苍蝇。大群的苍蝇飞到岛外，入侵了住宅区，造成了附近的小学全校停课等一系列的居民生活问题。政府采取了一系列措施解决苍蝇公害，比如推广新的杀虫剂，烧毁巨大的垃圾山，等等。"

"这样啊，我还真不知道。现在这个公园倒是挺安静……不过学长，我有一个问题，为什么这里叫'梦之岛'呢？明明是用来堆放垃圾的。"

"这个地方填海造陆，本不是用来投放垃圾的。昭和十四年，在羽田机场建成之前，这里本来规划要修建机场。但是因为太平洋战争爆发，施工就终止了。战后，这里变成了海水浴场，种植了椰子树，本来想发展成'东京夏威夷'这样的度假地。梦之岛这个名字也是在那时确定的。但没过多久，海水浴场就关闭了，这里就变成了东京都的垃圾处理场。"

"梦之岛变成垃圾处理场，真是够讽刺的。"

"是啊。从那以后，'梦之岛'就变成了垃圾处理场的代名词。"

两人在公园里走了一会儿。公园面积很大，全部转完要花很久。除了植物馆、田径竞技场等设施之外，海边还有小船坞和第五福龙丸的展示馆。第五福龙丸指的是昭和二十九年日本的一艘受到美国核试验辐射的渔船。在废弃后，它作为反对核武器的象征，在梦之岛公园公开展览。垃圾的废弃处，受到死亡之灰污染的船只,这个公园汇集了人类负面的历史。

"东京政府想把这片曾经是垃圾处理场的巨大空地改造成市民休息的场所,于是建了这个梦之岛公园。不过遗憾的是,这里的情况也很难被称为'城市绿洲'。"

"怎么回事?"

学长在冷清的公园里走着,继续说道:"你看看周围,大白天这里也没什么人。这么大的地方,人却很少,治安必然也不好。直到几年前,这个梦之岛公园还是非常出名的同性恋者聚集地。这里经常发生针对同性恋者的恶性事件,他们在这里受到袭击,或者被抢夺财物。平成十二年,甚至有一帮少年在这里杀害了一名同性恋者。自那次事件以后,这里的人就越来越少了。"

周围确实没有什么人。如果在这里被袭击的话,应该没法很快获救。想到这里,璃璃子感到后背一凉。

走进公园后,大概已经过了一个小时。已经快两点了。公园面积很大,设施很多,但始终没有看到游乐区之类的地方。

"我们是不是又搞错了?"

璃璃子说完,坐到了草坪前面的长椅上。从早上开始就一直在走路,她的脚已经肿了,有些隐隐作痛。

"由菜拍照的公园到底在哪里啊,找了那么多地方还没有的话……"

学长从刚才开始就一言不发,站在长椅旁,正在想着什么。

"这还是太难了,我们也许只能放弃了。"

璃璃子轻轻叹了口气。

"说这种泄气的话,可不像你的风格。"学长说着,用他细长的眼睛盯着璃璃子。

"现在放弃还有点早,这附近的公园可不止这一座。"

"嗯？"

学长慢慢地走了起来，璃璃子也站起来跟了上去。

"这个梦之岛还是垃圾处理场的时候，并没有像今天这样有路跟陆地连接起来。所以当时往梦之岛搬运垃圾使用的还是轮船。平时有二十只装满垃圾的运输船，来往于本土和梦之岛之间。运输途中从船上掉落的垃圾和污染物，将海水的颜色染成了黄褐色，周围也散发着令人难以忍受的恶臭。昭和四十二年，梦之岛处理场的垃圾填海造陆结束之后，新的填拓地架起了桥梁，变成了从陆地运输垃圾过去。"

"新的填拓地？"

"是的。在梦之岛之后，东京政府选择了前面的一片地作为第十五号填拓地，别名叫作'新梦之岛'，或者也直接叫梦之岛。本来梦之岛指的是第十四号填拓地，但是'梦之岛'这个词已经成了垃圾处理场的代名词。过去东京的垃圾要运送到梦之岛，而现在已经改成在那里做废弃处理。"

"第十五号填拓地……新梦之岛……"

"去看看吗？"

"好的。"

第十五号填拓地

好热。

快要烧光了。

在黑暗中,她痛苦地挣扎着。她想逃脱这股热浪,但是手脚都动弹不得。她的身体被绳子之类的东西绑住了,就算用力挣扎也无法摆脱束缚。她的呼吸越来越困难。好热,好热,好热。她想赶快逃出这里。

她把全身的力气都用在了双手上。好痛。她强忍着痛扭动身体。绳子勒进了皮肤里。好痛。好痛。但她现在顾不上这些。两次、三次……她无数次地用力挣扎。过了一会儿,手腕终于可以稍微活动了。捆住的绳子开始松动。她接着拼命活动身体,终于先将左手拔了出来。她用手试探着裹在身上的防水布的空隙,把胳膊伸了出来。接着,她把遮在脸上的布取了下来。

与此同时,一股难以忍受的恶臭向她袭来。她皱起眉头,定神看了看前方。周围是一片黑暗,视线非常模糊,什么都看不清。隐约能听到海浪声和鸟鸣声。这里好像是海边。过了一会儿,眼睛渐渐习惯了四周。在黑暗中,能看到几处蓝白色的灯光。有东西在燃烧。她完全不知道自己身处何方。她是在做梦吗?或者,这里难道是地狱……

不,她并没有死。她还记得,自己险些被丈夫杀死。她被电线缠住了脖子，失去了意识……但是刚才受到了一下强烈的撞击，她醒了过来。当时丈夫慌张地跑过来，用防水布把她重新包好，系上绳子，她只能顺势装死。如果让丈夫知道她还活着，那肯定会再受到致命一击。她拼命屏住呼吸。这个男人总是在最后关头掉以轻心，所以才会被那个小姑娘勾引。

就在这时，视线前方有什么东西在动。黑色的地面上，有东西动了起来。志津子做好了防备的姿势。在一团黑色中，能看到几个小光点。那是无数个闪亮的光点，它们都能活动，一起朝这边移动过来。这是老鼠的眼睛。无数只黑色的老鼠正盯着志津子。鼠群叽叽喳喳地一起开始行动。她会被吃掉。她条件反射地挣脱绑在右手上的绳子。黑色的鼠群正在向她逼近。必须赶紧逃开。虽然爬出了防水布袋，但是绑在身上的绳子依然无法解开。脚下已经集聚了大量的老鼠。她拼命挣脱绳索，摆脱了防水布袋，用力踢散聚集过来的无数的老鼠。已经有几只爬到了她的身上。她最讨厌的就是老鼠，慌忙把它们赶下来。几只老鼠掉在地上，被她踩死了。

黑暗中，志津子高亢的声音四处回荡。她就像疯了一样，不停地踩着地上的老鼠，皮靴上沾满了老鼠的血。她仔细一看，老鼠的体毛已经被烧焦了。其他的老鼠也一样。不知为何，它们的体毛已经全部被烧掉，露出了黑色的皮肤。

可能是害怕志津子，鼠群一哄而散。周围又恢复了安静。志津子站在原地，抬头望着四周。她本以为这里是一片荒野，却发现不对头。周围全是垃圾山。刚才的大群老鼠是在垃圾中寻找食物。

她一下子怒火中烧。不可原谅。丈夫竟然把她扔在这种地方。她就像垃圾一样，被扔在了这里。

绝对不能原谅。那个女人……她要报仇。那个女人夺走她的丈夫，还跟老鼠一样偷偷生了孩子。连她都没能给他生孩子。

支配她全身的复仇怨念已经达到了最高潮。她要杀了那个女人。想到这里，她不禁跑了起来。但是，她看到了落在垃圾上的一个东西，瞬间停住了脚步……

她的脸上露出了笑意。那两个人肯定会回来的。绝对会回来。志津子想到这里，对着地上正在痛苦打滚的老鼠，又狠狠跺了一脚。

若洲

出了梦之岛公园,璃璃子继续沿着明治路往南走。过了首都高速的高架桥,就能看到新木场站了。这里有巨大的交通环岛和现代化的车站大楼,不愧是JR线和地铁交会的换乘站,有大量行人来来往往。刚才梦之岛公园基本没有人,冷清得很。璃璃子松了口气,一边走一边跟学长说道:"学长,我能问你一个问题吗?"

"你说。"

"刚才你为什么那么说?说现在放弃还太早。这么乐观的话,也太不像你的风格了。"

"这不是什么乐观悲观,我觉得如果完全交给你,可能永远也找不到。你也好好想想,我还得陪着你呢。"

璃璃子微微笑了一下。

"谢谢学长的鼓励。"

"我说了,不是因为这个。"

过了新木场站,两人继续往港湾沿岸方向前进。一过车站,周围一下子冷清下来。住宅和大楼少了许多,道路两旁都是仓库、直升机场、生着杂草的空地等。车道上基本没有客车,大部分是集装箱车或者拖车等大型车辆。

在路上走了一会儿,学长开口了。

"江东区在历史上饱受垃圾问题的困扰,为此多次强烈要求东京政府加强改善。东京政府承诺,在各区分别建设清扫工厂。昭和四十二年,梦之岛的填海造陆宣告结束,政府提出将第十五号填拓地作为新的垃圾处理场。当时江东区以加快建设其他区的清扫工厂为条件,接受了这个要求。但是此后,其他区的清扫工厂建设并没有进展,二十三区的垃圾仍然在不停地向江东区第十五号填拓地投放。垃圾问题不但没有得到改善,反而在逐步恶化。江东区认为,想要解决这个问题,只能强制执行了。"

"强制执行?"

"嗯。为了防止其他区的垃圾运输车进入处理场,他们封锁了道路。这就是所谓的'东京垃圾战争'。"

"东京垃圾战争?"

"当时在杉并区,因为当地居民的强烈反对,建造清扫工厂的目标没有完成。江东区因为'坚决反对政府不履行约定,坚决反对杉并区实行地域保护主义',决定强制禁止杉并区的垃圾搬运车进入。昭和四十八年五月二十二日,江东区的职员在前面的第十五号填拓地,拒绝了杉并区的垃圾搬运车进入处理场,从而拒收了垃圾。第二天还是如此。这样,杉并区的垃圾变得无处可运了。"

"江东区和杉并区还曾经对立过啊。"

"是的。政府紧急出台了缓和事态的对策。在江东区强制执行两天后,也就是五月二十四日,当时的东京都知事美浓部亮吉到访了现场,并承诺,'为了贯彻区内自主处理的原则,无论如何也要推动杉并区清扫工厂的建设,还请江东区停止强制执行',相关建设将在九月底前完成。江东区认为杉并区清扫工厂的问题往前推进了一步,才终止了为期三天的强制执行。"

"原来还有这种事,我之前都不知道,江东区和杉并区竟然因为垃圾问题吵过架。那最后杉并区的清扫工厂怎么样了呢?"

"因为居民反对花了一些时间,但是在垃圾战争结束九年后的昭和五十七年,杉并区清扫工厂终于竣工了。"

从离开新木场站已经走了大约三十分钟。走过一座架在大运河上的桥,两人来到了一处宽阔的路口。从这里往前,中间的隔离带也种上了绿植,道路修整得很好。

"沿着这条路再走一会儿,就是海边了。从这里一直到海边一带,就是'东京垃圾战争'的舞台——第十五号填拓地。现在这里是若洲。"

"就是新梦之岛吧?"

"是的。"

学长说完,穿过了人行横道。璃璃子从后面正要追上去。但就在这一瞬间,她不由得屏住了呼吸。因为她突然全身一震,感到了一阵非同寻常的气息。前面有什么东西。璃璃子谨慎地穿过人行道。

"昭和四十年,继梦之岛之后,这个第十五号填拓地成为东京都的垃圾处理场。其总面积达到六十四万平方米,大约是梦之岛的两倍。但是不到十年的时间,这个第十五号填拓地也堆满了垃圾,昭和四十九年,填海造陆正式结束。现在东京二十三区的垃圾在分类后,由各区的清扫工厂进行处理,一部分不可燃垃圾和大件垃圾被运往海对面的中央防波堤的垃圾最终处理场。"

走过路口后,左侧有一个可以容汽车通过的大门。门内是一条铺着沥青的路。门柱的招牌上写着"若洲海滨公园"。璃璃子不由得向公园门口跑去。

"这里也有公园。"

"啊,虽然写着是公园,但是这个门里面是高尔夫球场。昭和四十九年,填海造陆终止后,第十五号填拓地一直处于空地状态放了很多年。平成二年,大部分土地被规整为高尔夫球场。这个门里面的东侧一带,全都是球场。"

确实,门内除了类似俱乐部的建筑和停车场之外,什么都看不到。离开大门之后,学长再次走回路上。

太阳已经开始西斜,现在是下午三点左右。两人沿着第十五号填拓地前进。这附近过去是垃圾处理场。这片面积巨大的区域竟然是人们用双手创造出来的,想来真是不可思议。

来到这一带后,璃璃子感受到的异样感越来越强。这股气息来势很猛,仿佛缠绕着她的全身……就像一股温热的暖风拂过皮肤。越往前走,感觉就越强烈。

"说点你感兴趣的吧。传说第十五号填拓地还是垃圾处理场的时候,曾经有许多遗体被丢弃在这里。因为跟四面是海的梦之岛不同,这个处理场很容易就能开车进来。这条路虽然白天会堵着很多清扫车辆,到了夜里却一个人都没有。如果把遗体藏在巨大的垃圾山中,肯定不会被发现。另外,每天都有巨大数量的垃圾被搬到这里、堆积起来,遗体被埋在垃圾堆中,即便腐烂了,也与垃圾的臭味混在一起,不会被发现。也就是说,这里的地下埋着东京在经济高速发展期后期排放的垃圾,还有大量的遗体。"

听了学长的话,璃璃子全身一震。她感受到的这股危险的气息是否与这件事有关呢?学长还在继续说着。

"还有,昭和六十三年,在足立区发生了一起著名的事件,被害人被抛尸的地方就是这个第十五号填拓地。"

"出名的事件?"

"女高中生铁桶装尸事件。有一位因为盗窃被逮捕的少年,供述称他杀害了一名女高中生,把尸体装在汽油桶中,扔到了这个第十五号填拓地。当时,垃圾填海造陆已经结束,这里已是一片空地,所以汽油桶被发现了。如果垃圾造陆还在进行的话,尸体可能就不会被发现了。"

蓝色的天空下,海鸟成群结队地飞着。海湾附近的道路非常空旷。这里的天空广阔无垠,是个阳光和绿色植被都很丰沛的地方,但是也藏着一些不为人知的负面历史。

走了一阵,前方有一处道路分成了上下两条。上面的路通往在平成二十四年开通的东京京门大桥。京门大桥俗称"恐龙桥",桥身巨大,从这里穿过大海,经过东京湾的中央防波堤,一直通到大田区。

学长沿着京门大桥正下方的辅路向前走。再往前就是大海,路到这里应该已经到头了。每往前迈一步,危险的气息就更强一些。那股仿佛在抚摸全身皮肤的气息也越来越强烈。

走了一会儿,隔着道路与高尔夫球场正相对的人行道上出现了公交车站。前面紧挨着公园入口。璃璃子不由得穿过人行道,往入口的方向跑去。

一个规模很大的公园映入眼帘。高尔夫球场的对面都开辟成了公园。两人来到入口,引导牌显示这里有露营区域和海钓设施,还有儿童游乐场。两人走进公园里面,璃璃子感受到的危险气息也越来越强。

这里与梦之岛相同,公园占地面积很大,树木茂盛,绿意盎然。可能因为现在是平日的傍晚,看上去能容纳数百辆车的停车场里面只有四五辆车。无论是游客稀少的现状,还是绿意盎然却带有人工色彩的感觉,都与刚才的梦之岛公园十分相似。

沿着冷清的停车场往里走,迎面是一个带有巨大风车的广场。这里是一处铺满绿地的小山丘。山丘上有儿童游乐设施。

璃璃子不由得加快了脚步。随着离广场越来越近,她的呼吸也越来越急促,那种被缠绕着的感觉也越来越强。她不顾一切地跑了起来。

来到了广场跟前。璃璃子站在游乐设施前,屏住了呼吸。

天空的样子一模一样。这就是那张照片上的天空,没必要再拿出照片对比了。设施的样子也完全相同。绝对错不了。

终于找到了。

第十五号填拓地——在过去的垃圾处理场上建成的公园。这里就是由菜小时候拍摄照片的地方。

新梦之岛

翻过垃圾山，史郎和伸子回到了垃圾处理场前的路上。

两人的头发和衣服上都沾上了恶臭。伸子一直用手帕遮着嘴巴，但依然很难受。在处理场中奔跑的路上，她不停地呕吐。史郎也有几次差点吐出来，但还是忍住了。时间不允许他们多停留，必须尽快离开这里。

史郎扶着脚步不稳的伸子，往路边停着的蓝鸟汽车跑去。已经近在眼前了。史郎一边跑着，一边把手伸到裤子的右口袋里找车钥匙。但他一下子停住了。

"诶？"

他开始到处乱翻，反复摸了别的口袋，一副慌张的样子。

"怎么了？"

伸子捂着手帕问道。史郎一边翻着口袋，一边回答道："没了。"

"嗯？什么没了？"

"车钥匙。"

那把带着鳄鱼皮钥匙包的车钥匙，他记得停车时把它放在了裤子的右口袋里。但无论怎么找，都没有摸到钥匙的那种触感。其他的口袋也都翻遍了。臀部的口袋里只有手电，左边口袋和衬衫胸前的口袋里也都没有。

"可能是掉在地上了。"

"是掉在垃圾场了吗？"

"嗯……"

"不会吧？"

史郎一下子愣住了。在搬妻子尸体的时候，钥匙从口袋里掉出来了。因为太着急了，所以没有发现。这下可糟了。该怎么办才好？只能把车丢在这里逃跑了吗？但是万一妻子的尸体被发现的话，把车留在这里可是相当麻烦的。

史郎的双脚反射性地动了起来。

"你去哪里？"

"我去找钥匙，你在这里等我。"

史郎说完，再次向垃圾处理场走去。

他又回到了黑暗的荒野之中。

忍受着令人作呕的臭气和热气，他在垃圾堆中前进着。他必须要找到。如果找不到，他们就完了。但是，钥匙究竟丢到哪里了呢……

他也并不是没有印象。应该是在那个谷地的斜坡。在跑向志津子尸体的时候，史郎重重摔了一跤。钥匙肯定是那时候从口袋里掉出去了，最有可能落在摔倒的地方周围。如果回到那里，应该能找到钥匙。

但是，他还能找到刚才丢弃尸体的地方吗？眼前的荒野上全是垃圾。他按照自己的记忆往前走。所幸他记得几个标志。像骷髅头一般的坐便器，散架的人体模型，腐烂的野狗尸体……他不停地擦着冒出来的汗水，寻找丢弃妻子遗体的地方。他不想再见到志津子的尸体，但也没有办法。

他在起伏的垃圾堆中走了十分钟，来到了一处急下坡。眼前是一片巨大的洼地。他对这里有印象。这就是丢弃尸体的谷地斜坡。虽然印象中的距离比这更远，但肯定没错。在月光下，隐约能看到斜坡中间的那团防水布。史郎从臀部的口袋里取出手电，一边照着脚下，一边沿着斜坡往下走。

他来到了防水布团附近。里面是妻子的尸体。他尽量避开视线，用手电照着地面，睁大眼睛寻找汽车钥匙。地上有旧报纸和杂志、轮胎、塑料容器、坏掉的电器、几只老鼠的尸体——他连垃圾之间的缝隙都仔细看过了，却没有找到钥匙。要在这无数的垃圾中寻找一串小小的钥匙，可谓是大海捞针。但是他必须找到。

史郎擦着额头的汗继续寻找，却始终找不到。他开始有些焦躁了。志津子就连丧了命之后，都还在逼迫自己。他最终还是无法逃脱妻子的魔咒。

不，不会的。志津子已经死了。那个不停折磨他的妻子已经变成了一具尸体。今后的生活，他将与伸子和年幼的女儿一起安稳地度过。志津子的尸体将消失在这片广阔的垃圾荒野之中，被夜以继日运到这里的大量垃圾掩埋，被害虫和微生物分解掉，最终彻底腐烂风化。他正是因为这些，才专门把肥胖妻子的尸体运到梦之岛的。

史郎心想，如果再找一会儿还是找不到，就回去找伸子，两个人扔下汽车赶快跑。会没事的。肯定会很顺利。他把手电往前照去，视线的前方出现了一团蓝色的物体。那是他刚才一直故意避开视线的防水布。在看过去的一瞬间，史郎整个人都僵硬了。怎么回事？绳子解开了。从远处看的时候，因为很模糊，所以没有注意。他急忙跑到袋子前,他当时重新固定的绳索已经被解开,袋子里面是空的。

这究竟是怎么回事?就在他头脑发蒙,想站起来的一瞬间,后脑突然受到了一记重击。瞬间,脑海中仿佛有电流穿过,眼前变得一片黑暗。重击还没有结束。第二下、第三下……史郎感到剧烈的疼痛,头部开始流下温热的液体。他瘫在了地上。

胃里已经吐空,呕吐终于止住了。这次吐得可能比怀孕时还要厉害。伸子心想。

呕吐一停止,她立刻感到了一阵寒意。她蹲到车旁,冻得直打哆嗦。垃圾处理场那么热,但是一回到路上,吹来的海风却寒冷刺骨。那件单薄的毛衣顶不住寒风,她用双手不断地摩擦身体取暖。她想起了抱着孩子的时候感受到的体温。她想见花苗。一想到女儿,眼泪就涌了上来。

史郎还没回来。他肯定没找到。那么大的地方,怎么可能找到一串小小的钥匙?还是放弃吧。他们已经逃不掉了。他们应该去警察那里自首,把事情交代清楚。也只能这样了。这可能就是天谴吧,是她违背伦理、与有妇之夫生下孩子的报应……没想到会变成这样。伸子心里也曾有过预感,这种幸福的生活不会长久。

他们杀了人,就只能自首。因为已经抛尸,可能不会被判正当防卫了。史郎会被逮捕,自己作为共犯也会被问罪。但是没有办法,这就是人世间的法则。她放心不下的是花苗。如果有可能的话,在去向警察自首前,她想再见一次女儿,用力抱抱她。

伸子摇摇晃晃地站了起来。她要去说服史郎离开这里。虽然非常不想再回到那个又臭又热的环境中，但是没有办法。伸子用手帕捂住嘴，向前走去。

处理场中依然炎热无比。可能已经习惯了臭气，她已经不再呕吐了。就算再吐，胃里也没有东西了。

伸子在垃圾堆中走着，寻找史郎的身影。他走了多远？肯定是回到扔尸体的地方了吧？在微弱的月光下，她向着那个谷地的斜坡前进。视野里全是垃圾堆，她边走边回忆着之前的路线。虽然一个人这么走有些胆怯，但她必须把史郎带回来。她用手帕捂住嘴，往处理场中央走去。

走了一会儿，前方出现了一个类似山丘的高台。她对这里有印象。伸子不由得加快了速度。她蹚开垃圾堆爬上小丘，看到了那个谷地。她站在小丘上，俯视着谷地的斜坡。那里就是抛尸地点。她借着月光寻找史郎的身影，但是并没有找到。他到底去了哪里？伸子环顾四周，但除了自己以外，并没有发现其他人。唯一会动的物体就是被风吹得到处飞舞的草纸和漆黑夜空中飘动的乌云。

就在这时，背后有人叫她。

"伸子。"

这是史郎的声音，伸子条件反射地回过头去。在黑暗中，史郎正踩着垃圾，从远处向这边走来。伸子连忙跑了过去，但在跟前突然停住了脚步。哪里有些不对劲……史郎的衣服是鲜红色的。他穿的应该是浅驼色的衬衫。史郎慢慢地朝她走来。伸子仔细瞧了瞧，才慢慢看清了异样的地方。

史郎的脸上沾满了血，头部正在不停往下滴落红色的液体。衬衫的红色也是被血染成的。

史郎站在那里，表情呆滞。他究竟怎么了？就在伸子想要问清楚的时候，突然传来"咔"的一声异响，就像什么东西被踩碎了一般。与此同时，史郎的背后有一个黑影在动。他身后有人。在黑暗中，那个人渐渐露出了身形。伸子大吃一惊。

那是一个衣冠不整、体态肥胖的女人。她凌乱的黑发紧紧贴在皮肤上。透过头发的缝隙，可以看到她充血的眼睛正在盯着这边。

没错。这是志津子，就是史郎的那个应该已经死了的妻子。一瞬间，伸子还以为她从地狱的深渊获得了重生。但显然不是这样。志津子手里拿着施工用的铲子，手柄和前面的金属部分沾满了血。她的脸上也溅上了一些血迹，衬衫上全是鲜血和污泥，已经看不出原先的图案。她一定是用那个铲子打了史郎。如果是幽灵，应该不会用铲子打人。

史郎就像一个被囚禁的犯人一样站在那里，又像一具僵尸一般，用无神的眼睛盯着伸子。志津子把手里的铲子往脚下的垃圾中一插，向伸子说道："真遗憾啊，我可不是幽灵。"

志津子说着，得意扬扬地举起了右手。她手里晃着的，正是那个鳄鱼皮的车钥匙包。她死死盯着伸子，带着笑的脸已经变了形。伸子被她野蛮的气势震慑了，往后退了一步。

"我都说了多少次了，他这个人在最后关头总是靠不住。如果真想杀人，就得给出致命一击。"

她把车钥匙交给了史郎，从垃圾堆中拔出那把沾满血迹的铲子。她脸上带着恐怖的笑，一步一步朝伸子逼近。

"他想把我扔在这里喂老鼠，我本来绝对饶不了他。但我偏偏又喜欢他……所以我决定原谅他。"

史郎的身体仿佛僵住了，一动不动。志津子一直目不转睛地盯着伸子说道："但是，我绝对饶不了你！"

志津子的眼中充满杀气。她举起铲子，发出了一声仿佛不属于这个世界的怪叫。伸子想逃跑，但是脚下绊了一跤，摔倒在垃圾堆中。铲子朝着伸子的头顶狠狠地砸了下来。随着这一击，伸子的头部感到一阵剧痛。志津子再次把铲子举向空中。

"让你睡别人老公……"

铲子上下挥舞着。伸子一瞬间感到眼前发白，头上流出了温热的液体。

"跟老鼠一样偷偷摸摸！"

志津子用力把铲子砸向伸子的头顶。电流一般的剧痛传遍整个头部。

"还生了孩子！"

志津子一直殴打着伸子。伸子渐渐失去了意识。史郎突然喊道："你住手吧！志津子，我求你了！"

史郎迈着蹒跚的步伐，从后面向志津子走去。他想要制止她。但是——

"闭嘴！"

话音未落，志津子就一铲子打在了史郎的头上。随着一声闷响，史郎的脸因为剧痛而变形。他双手抱头，倒在了地上。

"那好，我连你也杀了！"

"不，不要杀我，不要杀我！"

史郎在不停求饶，志津子却毫不留情地用铲子继续殴打他。必须制止她。伸子想朝志津子扑过去，但双腿却不听话。不仅是腿，胳膊和头都已经不听使唤。在意识模糊的状态下，伸子只能在一边看着两人。

"求你了……原谅我吧。不要杀我。求你了……"

突然，志津子停手了。她大口喘着粗气，浑身冒汗，虎背熊腰的身材也已经站不稳。史郎在她脚下抱头呻吟。过了一会儿，志津子转过身，朝伸子走了过来。她站在摔倒的伸子跟前，举起了铲子。伸子以为又要挨打，但铲子只是在她的头、腹部和手腕附近戳了几下。

"你……如果不想死，就给我杀了这个女人！"

史郎趴在垃圾堆上，没有回话。

"她如果再活过来可就不好了，就跟我一样。"

听到这里，伸子感到背后一阵恶寒。她不想死。那样就见不到花苗了。绝对不能死。

"这是为了我们夫妻好。就当这个女人原本就不存在，这没什么。而且把她的尸体扔在这个梦之岛，绝对不会被发现，对吧？"

听到这里，史郎的呻吟声停住了。他摇摇晃晃地站了起来。

"只要这个女人消失，我们就重新来过。孩子可以留着，或者我们收养也可以。给你！"

志津子把铲子扔到了史郎面前。

"把这个女人的头给我砍下来！快点！"

伸子不想死。她浑身的汗毛都竖了起来。看到史郎还在犹豫，志津子大声喊道："你在干什么？这个女人如果活过来，跑到警察那里，我们就完蛋了！"

史郎开始行动了。他看上去就像一个被人操纵的木偶。他慢慢站起来，伸手拿起了铲子，向这边走过来。伸子想起身逃跑，但是手脚依然不听使唤。她还活着。她想告诉他，但是嘴唇无法张开。史郎停在了伸子面前，用铲子的尖端顶住了伸子的喉咙。

没想到会变成这样。没想到志津子还活着。没想到史郎为了保命，竟然心甘情愿听她摆布。自己绝对不能死。

史郎拿着铲子还在犹豫，志津子在背后大叫："你在干什么？给我抓紧！"

史郎把脚放在了铲子的金属部分上，伸子已经做好了赴死的准备。

"啊啊啊啊啊啊！"

史郎发出了撕心裂肺的叫喊声。与此同时，铲子掉到了地上。一瞬间，志津子大声喊道："你在干什么？你这个蠢货！"

这句话非常有力，史郎重新捡起了铲子。

"来，我来。你看着！"

志津子走过来，站在伸子的头顶旁，把铲子的刃压在伸子白色的脖颈上。我不想死。伸子在心中大声叫喊着。在见到花苗之前，我不能死。一想到自己的孩子会遭遇不测，伸子的内心就无法平静。哪怕只看一眼，我也要再见见孩子。我可爱的孩子。她天真无邪的圆眼睛，柔软的汗毛……我要最后再抱她一下，再感受一下可爱女儿的体香和温暖……

志津子的脸已经完全变形了，她穿着皮靴的脚踩到了铲子的金属部分上。

这个女人无法原谅……愤怒和仇恨贯穿了伸子的全身。她用尽最后的力气，愤怒地盯着志津子。

感受到伸子的视线，志津子一瞬间吓了一跳。但是她立刻回过神来，用尽全身的力气踩在铲子上。铲子插进了伸子的喉咙，鲜血喷了出来。志津子又用尽力气踩了一下铲子。第三次、第四次、第五次……每踩一下，铲子的刃就往伸子的脖子里插得更深一些。志津子专心地重复着这个动作。鲜血溅到了垃圾山的荒野中。

不知道在她全力踩到第几下的时候，伸子白色的头颅脱离了身体，在黑暗中滚了出去。

好热。
似乎快要烧光了。
周围带着恶臭的热土咕嘟咕嘟地喷着气泡，伸子痛苦地挣扎着。她不知道从那以后过了多久。这里每天都运来大量的废弃物和污染物，自己的身体被埋得越来越深。与身体分离的头部变成了害虫和微生物的饵料，现在已经被分解干净了。但是她并没有消亡，而是被埋在垃圾处理场的地下。

好热。伸子在土层深处挣扎着。赶快烧干净吧。如果消失在这片恶臭的土地中，应该能解脱吧……

但是，这个愿望无法实现。她清楚自己死后是成不了佛的。自己的所作所为导致了这样的结果，是不可原谅的。她就算死了也不足以赎罪。有东西从体内涌了出来。就像喷着气泡的土地，她内心强烈的怨念正在不断膨胀……

这是对那个女人的怨念，还有对年幼女儿的思念。

在光线无法到达的地下，伸子正受到强烈的怨念折磨。她的耳边隐隐传来了鸟鸣和海浪的声音——

若洲公园

都营巴士到达了终点新木场站。

她们下了车,在环岛处寻找换乘巴士的车站。新木场站前的环岛很大,没法立刻确定车站的位置。由菜在站牌前停了下来。

"啊,妈妈,在那儿呢。去若洲的公交车,在那边的车站。"

由菜对身后的母亲喊道。今天是洗衣店的休息日。因为天气非常好,由菜做了三明治,带着母亲一起去外面野餐。

等了大约十分钟,去若洲的巴士到了。两人上了车,之前坐到新木场的巴士非常拥挤,她们没能坐下,但是前往若洲方向的车内却空空荡荡。两人坐在后排的双人座上,把装着自制三明治的篮子放在膝盖上。开车后,由菜对母亲说道:"妈妈,上次跟你一起坐车,还是在考试的时候呢。"

"是啊,我们没怎么去旅行过。"

"妈妈你太忙了,偶尔去一次也挺好的。"

听到由菜的话,母亲露出了微笑。

巴士开出了新木场站,沿着海岸宽阔的道路前进。经常有卡车和海湾的拖车等大型车辆从对面经过。周围基本没有住宅区,到处都是工厂和仓库。由菜虽然一直住在江东区,但也没怎么来过这边。

过了一会儿,巴士开到了若洲。道路两旁都是绿地,东侧是高尔夫球场，西侧似乎是一片公园。据说这一带过去是垃圾处理场。那已经是由菜出生前很久的事了。车内广播提示，马上就要到达"若洲露营场前"站了。

下了巴士，车站前就是公园的入口。入口的招牌上写着"江东区立若洲公园"。由菜和母亲走到了公园里。

在昭和四十年代到五十年代，这里曾是垃圾处理场，之后一度是一片空地。但在十年前，也就是平成十八年，这里开辟成了公园。那时由菜六岁。公园里有露营场和自行车专用道，靠海的一侧好像还有海钓设施。公园的停车场内能看到很多拿着钓竿的男人和情侣。

停车场对面有一个带巨大风车的草坪广场。这里是一处小山丘，地面铺满了草皮。这片区域被称为多用途广场。据璃璃子所说，那些游乐设施所在的地方，就在这个广场。

两人穿过停车场，来到了多用途广场。铺满了草坪的广场充满了春天的气息。

这就是照片上的公园，肯定没错。由菜不禁跑到了草坪上。她跑到一处似乎是照片拍摄地的地方，往游乐设施的方向看去。天空的样子完全相同。十年前，父亲还活着的时候，全家就是在这里拍的那张照片……由菜的眼眶不由得湿润了。母亲从后面走来，说道："就是这里啊，这就是那张照片上的地方。你之前看的那张照片……"

为了不让母亲发现自己哭了，由菜控制住了泪水。

"妈妈，你想起来了。"

"嗯……是，就是在这里拍的。"

母亲抬起头，环顾着广场。

"我们和你爸爸开车来的。当时这个公园刚建好，真怀念啊。"

草坪上有孩子正在来回奔跑，还有陪着孩子在游乐设施上玩耍的父母。母亲眯起眼，望着那些欢乐的家庭。

"妈妈，我饿了，你一起尝尝我做的三明治。"

"嗯。"

由菜点了点头，朝着设施前的长凳走去。就在这时——

"花苗……"

从哪里传来了声响，是一个女人尖细的声音。由菜停了下来。

"怎么了？"

"我刚才听见有人叫妈妈的名字。"

"嗯？"

"她在叫'花苗'。"

"别胡说，你听错了。我们赶紧吃三明治吧。"

母亲微笑着，朝着长凳走了过去。

人行道路口的信号灯变成了绿色。

人群开始走动，璃璃子等了一下，也走上了路口的人行横道。太阳被乌云遮住了，她刚从杂志社开完会往回走。马上就要四月了，但还是冷风阵阵。

"那张照片最后怎么样了？"

学长在后面说道。璃璃子一边走着，一边回答："江东区的那张灵异照片吗？那篇文章我不写了。"

"为什么啊？好不容易才确定了拍摄的地方。"

"我感觉把那张照片的故事公开发出来似乎不太好……那个公园里飘浮着一股强烈的怨念，我可对付不了。所以还是算了吧。"

学长深深地叹了一口气。

"我都说了多少遍了，世界上根本没有什么诅咒啊、鬼魂啊之类的东西。你竟然因为这种理由就不写了。那我陪你逛了那么多江东区的公园，究竟是为了什么？"

"不过，我收到了由菜发来的感谢信。她跟母亲去了那个公园。从那以后，再也没发生过奇怪的事。可能是照片上的那个女鬼安息了吧……所以，找到那个公园是有意义的。"

两人走过路口，在人群中朝车站的方向走去。学长走在后面，还在说个没完。

"一开始就没什么好奇怪的。幽灵和鬼魂全都是人们自己想象出来的。人终有一死，这是无法避免的。所以人们才相信，不，是希望肉体毁灭之后，还能有灵魂存在于死后的世界。"

"学长，灵魂是真实存在的，只是你看不见罢了。在东京的街头，就有无数的灵魂飘浮着。东京作为大都市在不断发展，同时，它们也一直存在。它们和东京那些负面的历史一起被封存了……"

"愚蠢至极。算了，比起帮你写那些没用的灵异故事，现在这样还更好些。你要在江东区找的东西，现在找到了吗？"

璃璃子吃了一惊，停住了脚步。

"你假装在东京二十三区采访，其实是在找什么东西吧？"

学长应该不知道的。她走遍东京真正的理由是……为了解决学长面临的一个问题，她需要找到那个东西……

她继续往前走。为了不被学长看出破绽，她头也不回地说道："不，我没找到。挺遗憾的。"

"是吗。"

"学长,我能问个问题吗?"

"你说。"

"那个……是不是……"

"到底怎么了?"

"学长,你是不是全都想起来了?"

璃璃子还是问了出来。

"那天发生的事……"

她一边走着,一边继续问道:"如果你的记忆恢复了,请你告诉我。你的研究,被封存的记录,还有……那个事件……那天究竟发生了什么?"

说到这里,璃璃子停住了。她在等学长回答。她的心怦怦直跳,因为之前说不出口的话,终于都说了出来。学长还没有回答。

璃璃子不由得停下来,转身往后看去。刚才还跟在后面的学长,不知何时已经不见了踪影。

映入璃璃子眼帘的,只有正在堵车的道路和夕阳下城市拥挤的景象。

品川区之女 ——

品川区

品川区位于东京南部,自古以来作为交通贸易要道实现了繁荣发展。

品川区由毗邻东京湾的临海地区和连接着山手地区的高地组成,拥有日本考古学的发源地大森贝冢等众多历史遗迹。江户时代,这里曾作为东海道的驿站繁盛一时。明治时期以后,品川区作为京滨工业地带的发源地取得了新的发展。

现在,临海地区和工厂旧址的改造开发正在有序进行。品川区作为交通和产业发展的枢纽,发挥着重要的作用。

南大井

又感到了那道视线。

正在记工作日记的巡警木内修平放下了手中的笔，若无其事地看了一眼身后。背后的桌子旁坐的是所长绪方。绪方四十多岁，是这里的副警部，他体格健壮，皮肤呈浅褐色。作为一名饱经历练的警官，他看上去就像画里的人物一样完美。

他单手拿着扇子，正在仔细检查交接工作用的文件。视线的来源似乎并不是绪方。

木内再次开始工作。他忍住哈欠，看了一眼墙上的表，快到早上八点了。他已经前前后后连续工作了近二十四个小时。

在岗亭工作的警察，原则上是值全班、歇班、白班、休息日四天反复循环。全班是从早上八点半到第二天早上八点半整整一天，其间包括了八个小时左右的休息时间。第二天早上下班后，当天歇班。第三天是白班，从早上八点半到傍晚左右。第四天全天是休息日。如此不停循环，由三个班的人员交替工作。另外，"交番"[①]的意思是由警察"交替"值"番"[②]，因此才叫作"交

[①]"交番"即岗亭，是警察署在所辖区域内的重要地区设置的派出机构，没有固定人员，由外勤巡警轮流执勤，处理警务。在民众的心目中，"交番"是可以问路、交拾物，有时也可当作见面等人的地方。
[②]此处日语中的"番"即"班"的意思。

番"。以前,"交番"也叫派出所,平成六年警察法修订后,"交番"成了正式名称。

因此,值全班当天实际需要工作整整一天,是一个周期中最累的。虽然有八小时左右的休息时间,但是这八个小时不可能一直休息。在这个岗亭,木内是资历最浅的,因此经常被同事安排干一些杂活儿。调查笔录等文件的整理就不用说了,买饭、沏咖啡、扫地、之前还有在巡视资料上贴改正贴纸等工作,也都交给了他来做。

木内去年年底毕业于警察学校后,被分配到了警视厅大井警察署的地域科,在品川区南部的这个岗亭工作。这里位于国道第十五号第一京滨路沿线,附近有很多工厂和公寓住宅区。这片区域交通流量很大,事故频发。

木内来岗亭工作已经半年了。到目前为止,他还没有机会去大型案件的案发现场。他虽然并不反感跟这边的孩子和老人打交道,但还是想早点参与重大事件的搜查工作,积累一些成绩。木内在学生时代进过空手道比赛的决赛,在武术方面还是有自信的。他现在的目标是进入搜查科,作为刑警参与事件调查。

他转回桌子的方向,继续整理工作日记。但是刚才他感受到的视线令他很在意。究竟是谁在盯着他呢?不经意间,他看了一眼面前开着的玻璃门。

岗亭的入口需要一直保持开放。这是为了给当地居民带来一种安全感。一旦发生紧急事态,谁都可以立刻跑进来。但也因为这样,岗亭里面冬天很冷,夏天又像蒸笼一样炎热。已经快到七月了。一想到酷暑就要来临,木内不禁觉得心情有点沉重。

运货的卡车卷着尘土驶过。在敞开的入口处,可以看到车水马龙的第一京滨路和上班族经过的人行道。木内定睛看着外面的景色,试图找到视线的来源。岗亭前有许多行人快步通过,并没有发现什么可疑的人物。

可能是错觉吧。但是不仅今天,从很久以前,他就有这种奇怪的感觉。肯定有人在监视他。木内一边思考着,一边往人行道对面、天桥上方甚至路上停着的车中看去。

但是并没有找到那个女生的身影。

第一次见到她,大概是三个月前的事。

那天,木内骑着自行车,在辖区内的住宅区巡逻,路过一栋年代久远的集体式公寓。她正站在楼前的电线杆旁。她的衣着很朴素,并不是一个引人注目的女生。这种情况木内一般都不会留意,但这个女生吸引了他的注意。她并非他喜欢的类型,甚至恰恰相反,应该是他会尽量避免接近的类型。

她一直站在电线杆的阴影里,一动不动地看着公寓楼二层的阳台。木内本想停下自行车跟她打招呼,但考虑到自己并没有职权过问,于是就没有停下。

那之后没多久,他又遇到了这个女生。也是在巡逻的时候,这次是在第一京滨路沿线,十层高的公寓前。她站在公寓入口前的马路旁边,抬头看着屋顶。她的嘴在微微动着,好像在自言自语说着什么。木内骑着自行车从她面前经过。但就连警察在面前通过,她的视线都没有离开屋顶。木内骑了一会儿,还是停了下来。回头一看,她正盯着沥青路面。那是屋顶的正下方。

就在这时,垂着的长发动了一下,她扭头看向这边,眼睛睁得很大,眼中充血,发青的嘴唇正在微微颤动。木内不由得倒吸了一口凉气。

"怎么了？"

木内前面的巡查长宇佐见问道。他三十岁出头，是跟木内同一个班的警察。

"啊，没事。没什么。"

木内转过身，蹬上自行车的踏板，临走之前又回头看了一眼，她果然还像尊石像一样站在那里。

两人回到岗亭吃午饭，木内把从超市买的双人份便当放到微波炉中加热。宇佐见笑着对他说："你刚才巡逻幸好是跟我一起。如果是跟绪方，他不得杀了你啊。"

"什么意思？"

"你工作的时候，一直在看女人啊。"

宇佐见非常喜欢戏弄后辈。他说的话，经常是既算不上开玩笑，又不是那么严肃认真，让人无法好好回答。

"不是的，不是这么回事。"

"你这么年轻，长得又帅，肯定受女孩子欢迎……原来你喜欢那种类型啊。忧郁的女孩。"

"您的声音太大了，别让绪方警长听到了。"

绪方正在里面的休息室闭目养神，木内压低声音解释道："不是这样的。我之前也见过那个女生，当时她也像刚才那样，一直站着不动。所以我有点好奇。"

"我喜欢刚才在站前跟你问路的那个穿迷你裙的女孩。就是短发，胸很大的那个。应该是大学生吧？或者是白领？"

微波炉的定时器响了，盖过了宇佐见的声音。木内拿出热好的双人份便当，宇佐见接过自己买的那一份，坐在桌子上吃了起来。吃了一会儿，他缓缓开口道："说起来，刚才那个女孩盯着的那座公寓，之前出过事。"

"啊？出过什么事？"

"那是在你来之前很早的事了，差不多是两年前。那座楼里发生了一起死亡事件。"

"死亡事件？是杀人了吗？"

"怎么会。是有人自杀，有老人从房顶上跳下来了。"

当天晚上，木内进到警视厅的数据库中调查那起死亡事件。的确，在两年前的冬天，一位六十七岁的老汉从那座公寓的屋顶上跳下来摔死了。跳楼的时间是下午两点多，很多路过的人都目击了现场。在老汉家中也发现了遗书，警方因此判定他是因为受不了疾病的折磨而选择了自杀。就像宇佐见所说，这件事情并不是刑事案件。

他接着调查发现，他第一次见到那个女生时的那栋公寓楼，在大约一年前也死过人。死者是公寓居民，一位三十多岁的男性。女生一直注视着的二楼的房间，就是当时发现死者尸体的地方。发现尸体时，男人已经死去好几天了，死因是心肌梗塞，而非外伤。这件事也不具备刑事案件的要素，最后是按照当事人病死进行了处理。

这究竟意味着什么呢？那个女生盯着的这两个地方都发生过死亡事件。这仅仅是偶然吗？但是她的眼神非同寻常。她究竟在干什么？她的目的是什么？

就是从那时起，木内开始感觉到有一股奇怪的视线盯着他。他经常觉得有人正从远方观察他——无论是在岗亭工作，还是在巡逻中或者站岗的时候，都能感觉到。

究竟是谁？木内往四周望了一圈，还是不明所以。虽然心想这可能是错觉，但他还是觉得确实在被人盯着。

就是她——出没在发生过死亡事件地点的黑发女生。虽然只见过她两次，但是他总会不自觉地把她和那道奇怪的视线联系起来。莫非她在监视他？当时她那双充血的眼睛深深地印在了木内的脑海里。因此每当感觉到视线，他都会下意识地觉得，那个女生就在附近什么地方。

木内写完工作日记，走出了岗亭。他钻进迷你巡逻车，往加油站的方向开去。按照规定，交班时巡逻车必须是满油状态。交班前给警用车辆加油，也是木内工作中的一项任务。

巡逻车驶出第一京滨路，往川崎方向驶去。这是一条单向三车道的国道，入京和出京方向都有很多车快速驶过。

木内是长野县人。他来到东京后被分配到了品川区的这个岗亭。起初，有很多事情他都无法理解。品川区是一个不可思议的地方。这里有被称为日本大动脉的JR东海道本线和第一京滨路，还有天王洲和大崎等商业区。另外，以东海道品川驿站为首的历史遗迹和文化遗产也非常多。总体而言，这是一个现代与历史共存的城区。

最让人想不通的是，JR品川站所在的位置并不属于品川区，而是在港区。据说，这是因为明治初期东京在铺设铁路时，品川一带是作为东海道的驿站发展起来的。明治政府认为收购这片土地非常麻烦，于是在建造车站的时候避开了品川。虽然实际并不在品川，但是站名叫作"品川站"，大概是因为当时更容易被人们所接受。京滨急行线的北品川站，位置明明在品川站以南，却被叫作"北品川"，也是因为品川站不在品川境内造成的。

另外，目黑站也不在目黑区，而是在品川区的上大崎。据说是因为这里在修建铁路时，目黑区一带还是农村地区，叫作目黑村。如果让铁路经过，农作物就会受影响，因此村民们掀起了反抗运动，最终导致铁路没能从那里通过。所以直到现在，目黑区也没有JR车站。

木内沿着第一京滨路开了一会儿,在高速出入口处,看到了与之交叉的首都高速巨大的高架桥。到达铃之森路口后,信号灯变红了。木内踩下刹车,巡逻车停了下来。他看了一眼路边,看到了那个地方。

在国道旁的一片区域,建着很多石碑和墓碑。石碑的大小、形状和颜色各异。在车水马龙的道路旁,竟然有这样一个三角地带,面积与小型公园相仿。这是一个仿佛被时代遗忘了的地方。

这里是铃之森刑场遗迹。

江户时代,这里曾被用作刑场,大量犯人在这里被施以斩首和火刑,现在已被指定为文化遗产,作为历史遗迹保存了下来。

这个铃之森一带位于品川站南边的尽头,被称为东海道江户地区的入口。刑场遗迹也临近东海道的旧道。但是,刑场为什么要建在人来人往的道路边上呢?

木内在夜间巡逻经过这里的时候,每次都觉得很恐怖。他虽然不信鬼神,但是一想到这个地方曾经死过很多人,潜意识中就不想靠近。第一京滨路在进行扩建的时候,地下陆续出土过人骨和骷髅等。据说现在这一带的地下仍然埋藏着很多罪犯的尸骨。

木内曾经在酒席上听老警察说过,五十多年前,在铃之森刑场遗迹三角地带的边上,曾经有一个岗亭。很多警察不喜欢这个位置,不愿意服从分配,还有人说看到了幽灵而拒绝值班,导致这里的工作人员总是更换。还曾经有人声称在值夜班的时候,看到从入口进来一个无声的幽灵,从此患上了神经过敏症,甚至辞掉了警察职务。这个铃之森一带还是事故多发区,发生过车辆冲撞岗亭的事故。最后,警方不得已之下把岗亭迁走了。

信号灯变成了绿色。木内踩下油门,巡逻车往前开去。这时，他又感到了那道视线。木内握着方向盘，向铃之森刑场遗迹的方向看了一眼。他心想，那个女生说不定在那里。但是刑场遗迹上，并没有她的身影。

大森贝冢

"警视厅通告。各位相关人员,品川区南大井五丁目××〇〇住宅发生火灾,请相关人员立即赶赴现场!"

深夜一点,无线电传来了指令。南大井五丁目正是这个岗亭的辖区范围。正在休息室休息的绪方和宇佐见也立刻爬了起来。绪方命令宇佐见和木内立即赶往现场。

宇佐见坐在副驾驶位上,按开了车内的开关。警车亮起红灯,响起了警报。木内紧握着方向盘,显得有些紧张。

最近已经有几起一一〇报案,都由木内出警处理。有的是路人被车撞倒,有的是恶汉伤人事件。但当他干劲十足地赶到现场时,却发现既没有发生事故,也没有什么案件,更没找到报警的人。原来是一场恶作剧。最近三个月,木内已经接到了七八起报警并赶到现场,却都是有人报假警。根据数据统计,一年内报警的总数是一百七十五万起,其中有三十万起是恶作剧。作为警察,对这种情况其实也有一些心理准备,但即便如此,这个数量还是太多了。

他赶到了现场,这是一条大路边通往住宅区的小路。起火的是一幢木质的独栋房子,已经有几辆消防车赶来灭火。现场火星四溅,浓烟滚滚,周围一片混乱,聚集了大量居民和看热闹的人。木内这些警察的主要任务是保护现场,限制旁人进入。他与赶来的警察一起拉了警戒线，禁止无关人员进入，并监视周围是否有可疑人物。

周围的居民一片哗然，唯恐火势蔓延到自己家。还有人朝站在警戒线前的木内吼道"你别傻站着，赶紧干点什么"。就在他思考应该如何安抚群众的时候——

他又感觉到了那道视线，有人在一直盯着自己。他下意识地环顾四周，看到的只有燃烧的火焰和被消防车的红灯照亮的围观群众的脸、脸、脸。那个女生可能就在人群里。他紧紧盯着围观群众的脸。里面有几位看上去是主妇和白领的年轻女性，但是并没有那个黑发女生。

"木内！"

木内回过神来，宇佐见正向他跑来。

"这边可以了。救护车马上就来，你赶紧去大路上指挥交通。"

"好的，我马上去。"

木内立刻跑了出去。他一边向大路方向跑着，一边继续看着围观的人们，尤其注意观察电线杆后面和阴影里是否躲着人。但是他仍然没有发现那个女生。

大约过了三十分钟，火被扑灭了。火势被控制住，没有蔓延到周围的住宅，但是起火的那栋木质房子已经几乎被烧光。住在那栋房子里的一对夫妻和他们的两个孩子被消防队救了出来。但是，跟他们住在一起的八十三岁的老母亲不幸遇难，遗体已被发现。起火的原因尚不清楚，消防部门和警察将从明天起展开调查。

木内结束一天的值班,回到警察宿舍的时候,已经过了中午。虽然是在八点半交班,但这并不意味着当天的工作结束了。他需要返回警察署,把摩托车、巡逻车和岗亭的钥匙交给接班的人,当天处理的案件也要分别交接给专门的科室,所以他必须制作和整理好相关文件。因为昨晚的火灾,今天的这项工作花费了很多时间。做完后,他在更衣室脱下制服,终于完成了当天的工作。

木内钻到被窝里,用毛毯盖住脑袋。但是他依然睡不着。明明已经工作了三十多个小时,他却睡意全无。昨天晚上算是第一次真正体验现场了吧?还有那个女生,他还是非常在意。

他在床上闭着眼躺了一个小时,但还是睡不着,于是干脆坐了起来。他脱下当作睡衣的速干T恤,换上平时的衣服,冲出了房间。

他来到了昨夜的火灾现场。周围还拉着警戒线,只有几个警察和消防队员出入。起火的住房蒙上了防水布。从布料的缝隙中可以看到,房屋的木材已经烧焦了。

虽然不像昨天那么多,但周围还是有一些围观的人。行人和主妇们远远看着起火的住宅。木内也走到人群中,眺望着火灾现场。

起火的原因究竟是什么?如果是有人故意纵火,那犯人会是谁?还有昨夜从这里感受到的那道视线……有人在一直盯着他。难道说,昨天的火灾跟这诡异的视线之间有什么关系吗?

但是起火的这户人家跟他并没有什么特别的关联,无非地方居民和岗亭巡逻人员的关系罢了。木内想不到自己与他们有什么交集。

把这诡异的视线和这场火灾联系起来可能有些牵强。大概是自己想多了。想到这里，木内一下子全身放松下来。还是回房间睡觉吧。他想起了所长绪方的话。在歇班的时候好好睡觉休息也是一名警察的重要职责。他转过身来往回走了几步，但又突然停住了。

在离火灾现场的人家不远的地方有一片绿地。虽然面积不像公园那么大，但是种了很多树，还有几个长椅。她在那里。有一个女人站在绿地的树荫下。木内以为自己看错了，但是定睛看去，确实是那个女生。黑色的长发，朴素的衣服。她躲在树干后面，正盯着发生火灾的住宅。

木内立刻躲到了旁边的自动贩卖机后面，仔细观察她的一举一动。她一动不动地凝视着那栋蒙着防水布的住宅。看来她果然还是跟昨夜的火灾有些关系。

十五分钟后，女生突然走了。她匆匆离开了那片绿地。木内反应过来，悄悄跟了上去。

她一直在住宅区中间穿行。为了不暴露行踪，木内保持着一定的距离跟在后面。她究竟要去哪里？午后住宅区的路上行人很少，木内躲在停在路边的快递卡车后面，一直跟着她。当然，这是他第一次跟踪嫌疑对象。虽然不是正式的搜查，但他还是感到一阵兴奋。

女生不停地左右转弯，走到了大路上。这是一条很长的上坡路，路的前面有JR东海道本线的高架桥穿过。女生一直沿着上坡路，穿过铁道下方的铁桥，继续向前走去。穿过铁道，町的名字变成了"大井"，这里已经超出了木内岗亭的管辖范围。

走过这段上坡路，来到了一个带着信号灯的路口前。这是与池上路的交叉路口。池上路是从东品川一直通到池上的一条都道。女生从路口左转，沿着池上路往南走去。

她沿着池上路走了一会儿。再往前就到了与大田区交界的地方。进入大田区，再走五分钟左右就是 JR 大森站。她是要去大森站坐电车吗？木内正这么想着，她突然停下了脚步。那里正好是品川区和大田区交界线前的位置。她走进了一个意想不到的地方。

那是一个公园。门口的牌子上写着"品川区立大森贝冢遗迹庭园"。虽然这里规划成了公园，但在明治时代，这里是发现贝冢的地方——就是那个因为发现了绳文时代陶器而被写进了历史教科书的大森贝冢。贝冢是古代的垃圾场，除了贝壳以外，这里还发现了动物的骨头和陶器等珍贵文物。这里可以说是品川区最有名的名胜古迹。她为什么要来这座公园？

木内停在了公园门口。公园的墙壁采用了带有绳文时期陶器风格的设计。如果他就这么进去，很可能会被发现。他决定休息一会儿再进公园。

五分钟过去了。木内一边观察情况，一边行动起来。这里并不属于他的管辖范围，他也是第一次走进这座公园，没想到公园的面积很大。木内装作散步的行人，沿着被绿色包围的小路前进。园内统一使用了贝冢和绳文时期陶器风格的设计，就连厕所都用了绳文的图案。走了一阵，他来到了一处广场，这里被红褐色的土墙长廊环绕着，应该就是公园的中心。根据园内的介绍，围着广场的土墙模仿的是古代的地层。广场的角落设有发现大森贝冢的美国生物学家爱德华·莫斯博士的铜像。

木内四处张望，寻找她的身影。在长椅休息区，有几位主妇单手推着婴儿车正在聊天。没找到那个女生。广场和详细介绍大森贝冢的景区标志牌附近都没有看到她。木内意识到自己失误了，他不应该在入口处耽误太多时间。如果跟丢了的话，线索就全断了。他慌忙向公园的另一侧跑去。

公园的里侧是一个高台，种着郁郁葱葱的树木。公园的正面修得简直像是贝冢的主题公园，但是里面却保留了自然的状态，的确令人感到贝冢确实就在这里。公园后面紧邻着东海道的铁路，能看到树丛后的小山上有电车经过。据说，明治十年，莫斯博士从美国来到日本，乘坐了东海道本线列车，他在眺望窗外景色的时候，偶然发现了贝冢。

木内在后山继续找了一阵，但这里基本没有人，只有一个上班族在长椅上坐着休息。还是没有找到她。她可能已经从公园的其他出口出去了。木内一下子慌了神。这本是个千载难逢的机会，让他解开那个女生的谜团，但可能就这么被他眼睁睁地错过了。不过，他立刻意识到是自己多虑了。

后山的角落里坐着一个女人，正在盯着什么东西看。就是她。木内不禁长出了一口气。他藏在树后面，观察着她的行动。她坐的地方能看到贝冢的地层断面。她坐在贝冢的洞口前，正在盯着里面。因为她是背对着这边，所以看不清她的表情，不过她似乎跟往常一样，正在叽叽咕咕说着什么，看上去像是在跟什么人说话。但是周围明明没有人。

如果要找她说话，那现在是绝好的机会。当然，木内现在并不是在执勤，不能使用职权，所以只能装成普通人跟她搭话。只要在对话当中搞清楚她的真实情况就可以了。她为什么会出现在死过人的事故现场以及火灾现场？哪怕是得到一些相关的线索也好。还有，那道诡异的视线……

木内脚下动了起来。

踩着脚下的泥土，木内朝她走去。她的背影已经近在眼前。他在她背后停下，调整了一下呼吸，下定决心开口问道："您好，您喜欢这种遗迹之类的地方吗？"

她并没有什么反应，仍然一直盯着裸露着贝壳和陶器碎片的贝冢断层处。木内无奈，正要再次搭话，她却开口了。

"你这是搭讪吗？"

"不不，不是的。"

木内犹豫了一下。他的目的确实不是搭讪，但他又不能说实话，于是想敷衍过去。

"我对这些遗迹很感兴趣。"

她的脸慢慢转了过来。木内第一次近距离观察她的脸庞。她的年龄大概在二十五到三十岁之间，漆黑的头发长至腰际，眼神中透着一种忧郁。她大概能被归到美女的范畴，但在这个距离看上去，木内觉得她带有一种难以接近的气质。她一直盯着木内，开口说道："那您知道吗？这个遗迹为什么叫大森贝冢？"

"那是因为过去这里有一个贝冢。在明治初期……"

"不是这个意思。这里是品川区的大井，但这里的遗迹却叫大森贝冢。大森也是地名，在大田区。这里又不是大森，那为什么这个遗迹叫大森贝冢呢？"

木内一时语塞。确实，明明是品川区的大井，为什么叫大森贝冢呢？木内没考虑过这个问题。这个公园的名字叫"品川区立大森贝冢遗迹庭院"，仔细想来确实是矛盾的。大森并不属于品川区，而是大田区。而这里并不是大森。

她慢慢站起来，用质问一般的口气问道："您不知道吗？"

木内本来想敷衍过去，却组织不好语言，于是决定还是先道个歉。

"是的……不好意思。"

木内低下了头。她微微叹了口气，把视线转向南面。黑色的长发摆动着。

"您知道吗？大森贝冢其实有两个。"

"两个？"

"从这里往南走大约三百米，在楼房和铁路之间，有一个地方立着一块石碑，上面刻着'大森废墟'的字样。那里属于大田区，现在的地名叫作山王，在莫斯发现贝冢时，那里名叫大森村。"

"这么说来，那里才是真正的大森贝冢？"

"请听我说完。"

"不好意思。"

"究竟为什么存在两个大森贝冢呢？据说这个情况开始于大正时期即将结束，莫斯去世的时候。为了纪念莫斯这个日本考古学奠基人的丰功伟绩，人们为他修了一座纪念碑。但当时出现了一个问题，即大森贝冢的正确位置已经无人知晓。当时距离发现贝冢已经过去了将近五十年，这一带的面貌已经今非昔比。因此，负责发掘贝冢的研究人员只能凭借当时的记忆来寻找贝冢的准确位置。当时找到的两个地方都有可能是正确地址，结果最终也没有搞清哪个才是真的。然后，这两个地方都修建了大森贝冢的纪念碑。"

"那当时发掘遗迹的记录上，没有写清地址什么的吗？"

"没有。莫斯的论文里没有详细记录贝冢的发掘地点。另外，他当时来日本，是为了研究一种腕足类的类似双壳贝类的生物，而不是为了考古研究。大森贝冢的发掘不过是一个偶然。"

"原来如此。"

"品川区和大田区，到底哪一个大森贝冢才是真的，在战后人们也议论纷纷。品川区声称，根据报告里记录的发掘现场的地形,他们的'大森贝冢'是真迹。而大田区也不让步,声称当时从事发掘的研究者的证词,以及大森是大田区的地名等都可以证明他们才是'本尊'。但是在昭和末年,这场争论画上了句号。在大田区的大森贝冢附近,为了盖楼进行了一场发掘调查。调查显示,这里并没有发现任何陶器和贝类等能够证明贝冢身份的东西。而品川区的这个大森贝冢,在建遗迹庭院的时候也进行了大规模的发掘调查,当时出土了绳文陶器和骨骼、贝壳等大量古物,此外还发现了莫斯在发掘遗迹时给这块土地的所有者支付补偿金的证明文件。文件上记录的遗址,正是品川区的大井地区。这些事实足以证明,品川区这一带才是真正的'大森贝冢'。"

对于她一口气介绍的这些知识,木内不禁咋舌。她为什么对大森贝冢了解得如此详细?

"您是不是在专门研究大森贝冢?"

"不是的,您说也对这个遗迹很有兴趣。这些您不知道吗?"

"嗯,那个……我虽然有些兴趣,但不像您了解得这么多。"

随口说的一句"感兴趣",让木内觉得非常后悔。

"那这个事您知道吗?大森贝冢在发现的时候,里面不仅有贝壳和陶器,还有人骨呢。这些人骨与猪骨和鹿骨放在一起,跟兽类的骨头一样,被分得很碎。此外,人骨上还有抓伤和切伤的痕迹。您知道这意味着什么吗?"

"人骨吗?我不知道。"

"明治十二年,在大森贝冢遗迹被发现的两年后,莫斯在一篇研究报告里写道,大森贝冢里发现了吃人风俗的遗迹。"

"吃人风俗?"

"就是人吃人。"

"人——吃人——"

"对。莫斯认为，因为人骨和兽骨是同时被发现的，这就说明，死人不是被埋葬，而是被丢弃在了坟里。他还推测，人骨跟兽骨一样被拆得很碎，是为了方便吸取骨髓，或是煮后更容易放到陶器里面。人骨上有无数的抓伤和切痕，特别是肌肉附近尤其明显。这证明了人们会使用陶器从骨头上剔肉。莫斯认为，这些痕迹与其他国家具有吃人风俗的遗迹出土的东西非常类似，所以古代在贝冢地区曾流行过人吃人。"

"真是不敢相信，原来日本也有过这样的风俗。"

"莫斯的研究震惊了当时的日本人。当然，也有学者表示反对，而莫斯自己则对日本的文献中没有任何吃人风俗的记载表示不可理解。这甚至引发了一场关于'日本人起源'问题的讨论，认为创造绳文时期贝冢文化的民族并不是现在日本人的直接祖先。而现在的研究认为，仅凭莫斯的研究，证据还不够充分，因此学界的定论是，这种吃人风俗是不存在的。"

她介绍着大森贝冢的吃人风俗。这个女人究竟是什么人？木内不禁开口道：

"您懂得真多，实在佩服。请问您在这里做什么？是在研究古代的食人族什么的吗？"

听到这里，她把目光转向贝冢裸露出来的土层，一动不动地盯着。木内心想，可能是这个问题问得不好，她再次陷入了沉默。但是没过多久，她又开口说话了。

"我必须回答您这个问题吗？"

"不好意思……您了解得太多了，我才好奇的。"

"那在回答您这个问题之前，我能先问一个问题吗？"

"您说。"

她抬起头看着木内。

"您为什么一直跟踪我？从刚才一直就跟在我后面。"

木内一时语塞。跟踪被发现了。本以为不会被发现，看来还是自己做得不够好。现在无论如何也敷衍不过去了。

木内说了实话。自己是警察。是从火灾现场一直跟踪到这里……听完木内的话，她缓缓说道："是吗……您是刑警吗？"

"不是，我是岗亭的巡查员。请告诉我，您为什么会出现在火灾现场？您在那里做什么？"

"您是怀疑我做了什么事情吗？"

"不是。我是地域科的巡查员，所以这并不是正式的搜查或者问讯，而且我今天并不值班，所以也不是因公调查。只是我个人想知道这些情况。您当时为什么会在火灾现场？"

她一言不发，并不想回答这个问题。木内选择了实话实说。自己巡逻时多次看到了她。她出现的所有地方都发生了死亡事件。但她还是没有要说话的意思。

"您当时一直盯着事故现场。这件事我一直很在意。您到底有什么目的呢？您到底是什么人？"

她仍然没有作声，一直保持着沉默，把视线转向了小山前面的景色。

太阳被乌云遮住了。隔离带的对面，东海道本线的列车正在行驶。贝冢出现在这里，那说明在绳文时代，从这个高台再往前的地方，全部都是大海。木内不禁把眼前电车驶过的场景，与绳文时代的大海联系在了一起。他从来没有带着这种感觉眺望风景。正在浮想联翩时，她又开口了。

"您是警察吧？"

"是的。"

"那您知道吗？随着这个大森贝冢被发现，现代警察进行犯罪调查的方法也取得了飞速的进步。"

"犯罪调查的方法?"

她又开始问问题了。她不停地发问,可能是想迷惑木内。但是关于这个问题,他还是有些兴趣的。大森贝冢和犯罪调查的关系——木内虽然作为警察与这个话题有些关联,但他却完全不知所云。他正认真思考,还没来得及回答,她就说出了答案。

"答案是指纹。据说,全世界的警察采用指纹调查,就与这个大森贝冢的发现有关。"

"那是怎么回事?"

"莫斯发现大森贝冢是在明治初年,当时有个人对他的研究非常反感。他就是来日本宣传基督教的英国传教士亨利·福尔斯。莫斯是达尔文进化论的支持者,而对于主张神创论的基督教徒来说,这种思想是难以接受的。福尔斯拿到莫斯关于大森贝冢的研究书籍,试图在其中找到能够否定进化论的证据。"

"进化论为什么会跟指纹调查联系起来呢?"

"福尔斯注意到,莫斯的研究著作中记载了绳文陶器上装饰有指纹的黏土带。如果说人类是从猿猴进化而来的,那么现在的人类与绳文时代相比,应该取得了相当程度的进化。通过比较陶器上残留的指纹和现代人的指纹,或许能够推翻进化论。福尔斯由此开始研究从大森贝冢出土的陶器上的指纹。结果,虽然没能推翻进化论,但是他发现了每个人的指纹都不相同,并且终身不变等特征。由此,福尔斯在英国的科学杂志《自然》上发表论文,指出指纹是辨别个人身份最有效的办法。此后,指纹调查就在全世界的警察中推广开了。"

她一口气说完,又闭上了嘴。木内被她的博学所折服,一时说不出话。这个女生到底是什么人?他更想知道了。

"您的介绍让我学到了很多。身为警察,却对大森贝冢的这些故事一无所知,真是惭愧。谢谢您。您对考古学真是有研究。"

"我不是因为喜欢才研究这些的,之前我知道的也不多。"

"那现在您能回答我的问题了吗?就是刚才我问您的话。您到底为什么会出现在火灾现场和发生过死亡事件的地方呢?"

就在这时,一声高亢的喊叫撕破了公园傍晚的宁静。一瞬间,木内跟她对视了一眼。这是一个女人的叫声。紧接着,又传来了一声尖叫。女人的声音是从后山深处的草丛中传来的。木内连忙向声音传来的方向跑去。

木内沿着树木间的缝隙拼命奔跑着。刚才的喊叫声十分诡异。究竟发生了什么?如果是有女性被人袭击,他必须尽快去营救。

木内来到了后山的草丛里。周围并没有人。他在草丛中搜寻,寻找刚才传来叫声的方向。但是,别说形迹可疑的人,就连喊叫声的来源都没有找到。木内又回到公园,把土墙走廊的广场和带有长椅的休息区也找了个遍。刚才的那些主妇已经回家了,夕阳下的公园里已经几乎不见人影。刚才的喊叫声究竟是怎么回事?那肯定不是幻听。木内心中疑惑不已,又回到了刚才与女生说话的贝冢区域。

那里已经没人了,黑发女生也不见了踪影。

铃之森刑场

卡车发出轰鸣声，呼啸着在眼前驶过。

这里是第一京滨路，有很多来往的车辆加速驶过。有的车看到了站在岗亭前的木内，于是立即减速。但是大部分车辆还是无视速度限制，飞速冲了过去。木内抬头望了望阴沉的天空。今天还是很热，但日照没那么强，比之前要好些。上午十一点，早高峰已经结束，路上的人一下子变少了。

说实话，木内并不喜欢站岗。虽然比在岗亭的办公桌前做事务性工作要好，但对木内来说，巡逻和巡视联络等外出的工作才更符合他的性格。警视厅规定站岗是岗亭工作的原则。而东京之外的警察似乎并没有这条规矩。确实，去其他的府或县看看就知道了，别说是站岗，就连岗亭里没有警察也不是什么新鲜事。而"岗亭"的"岗"字，似乎本来就是站岗的意思。[①] 岗亭最初的意思就是站岗。所以在东京都的岗亭，警察都会站着，负责引导路人和警戒预防犯罪等事务。这种威严感或许是世界一流大都市才有的吧。但是，长期站着并保持紧张，需要很强的耐力。木内还是个新人，因此被频繁指定站岗。

他观察着眼前的行人。大部分人都没有意识到警察的存在，

[①]原文中岗亭的日文说法为"交番"，站岗的说法是"立番"，都有一个"番"字。

就这么走过去了。有的老人会很有礼貌地鞠躬致意，也有人大概是做了什么亏心事，一看到警察就快步跑开。最近这段时间，木内都会仔细观察在眼前经过的行人。他觉得，这里面或许就有那名黑发女生。

自从在大森贝冢遇到她，已经过去十天了。虽然跟她直接说上了话，但还没来得及询问姓名和联系方式，就让她跑了。那个女生究竟是谁？她到底有什么目的？他对这些关键的信息一无所知。另外，她的知识储备真是让木内惊叹不已。莫非她是一名考古学领域的研究人员？那她为什么要出现在火灾现场和发生死亡事件的地方呢？就连在大森贝冢，她也能非常深入地讲解古代人吃人的故事。这绝对非同一般。

此外，那股诡异的视线依然存在。木内总感觉自己在被人盯着——这究竟是谁？这道视线与黑发女生之间有什么关联吗？在大森贝冢自报家门的时候，她的一句话引起了木内的注意。

您是刑警吗？

如果是她一直在盯着木内，那她应该知道他是在岗亭工作的巡查员。但她在得知木内是警察的时候，第一反应是"刑警"。那么，她是否跟这道视线没有关系？这也不一定。她也有可能是怕罪行败露而故意装傻。

秋蝉一齐叫了起来。阳光从云彩的缝隙中透了下来，直射在木内脸上。好热。木内用手帕擦了擦额头上的汗珠。难道是他想多了？可能诡异的视线是自己多虑了，她出现在事故现场也纯属偶然。

无论如何，木内都想知道真相。他想再见一次那个女人，跟她把话说清楚……

* * *

平凡的岗亭工作就这样日复一日地继续着。

处理餐馆的争端，寻找走丢的孩子，为外国游客指路，处理遗失物品招领。那起火灾的起因还没有查清，又接到了多起报假警的电话。就在他昏昏沉沉忙于这些工作的时候，突然发生的一起事件完全改变了这一切。

一个闷热的夜晚，过了晚上十一点，木内接到一个报警电话，在品川区的路上，一对开车的男女被暴徒刺伤。报警人是女受害者。现场位于首都高速一号线旁边的路上。那里离铃之森刑场遗迹很近。

绪方命令木内陪同前往现场。木内不禁感到紧张，他或许会遇上拿着凶器的暴徒。他迅速穿上了防刺背心。防刺背心是一种经过特殊加工处理，能防止穿着者被刀刃捅伤的护具，看上去与平时穿的蓝色背心相仿。如果开巡逻车去现场，必须要绕几次路才能赶到，因此木内选择了骑自行车。

五分钟后，他来到了现场。这里是位于首都高速高架桥下的一条单行道。路边没有灯光，周围一片漆黑，空无一人。其他的警车还没有赶到。人行道旁不时能看到流浪汉建造的硬纸板临时住房。这里是流浪汉比较集中的地方。因为距离大井赛马场很近，他们喜欢在这里聚集。无论怎么整治，夏天一到，他们就会回到这里。

在路边停着的车辆中，木内发现了报警电话中提到的那辆。这是一辆国产轿车，驾驶席的车门敞开着。绪方在车前停下自行车，取出手电，往轿车的方向走去。木内也停下自行车，跟了上去。

迎面吹来一阵带着湿气的暖风。木内打着手电，仔细环视检查车辆周边的情况。因为暴徒可能就藏在附近什么地方。气氛令人十分紧张。

绪方庞大的身躯慢慢向轿车靠近。木内跟在后面，用手电照着绪方前进的方向。在车子副驾驶一侧的沥青路面上，有一大片飞溅上去的血迹。绪方谨慎地走向驾驶席。木内顺着敞开的车门照亮了车内，干渴的喉咙不禁咽下了一口唾沫。

手电照亮了车内。车里充满了血腥味，驾驶席上有一个男人趴在方向盘上。他穿着灰色的POLO衫和藏青色的裤子，浑身沾满了红黑色的血迹。他身材很瘦，看上去三十多岁。

手电的光移向副驾驶的位置。座位上的女人垂着惨白的胳膊，浑身沾满了血。她头发剪得很短，是一个年轻的姑娘。她身上淡紫色的衬衫从肩部往下被撕开，鲜血滴落到了短裙下的腿上，手里紧握着一部智能手机。

绪方立即使用无线电联系本部。木内谨慎地观察着轿车周围，并没有发现什么人。凶手可能已经逃跑了。他从驾驶席转到副驾驶一侧。沥青路面上有一大片血迹。木内蹲下身来，用手电照着地面的血迹。他睁大眼睛，试图找出凶手留下的蛛丝马迹。在车的另一边，绪方结束了无线电通话，向木内喊道："小心点，罪犯可能藏起来了。"

"好的！"

木内回话时仍然紧盯着地面。

就在这时。木内一下子僵住了。他突然感到一种异样的感觉。正是那道诡异的视线。那种被人盯着的感觉——他想找出是谁在监视他，急忙站了起来。

就在这时，有人朝着木内冲了过来。他想去拔右腰上的手枪，但是已经晚了。那个人从后面紧紧贴住他的身体，牢牢抓住了他的胳膊。似乎有什么滑腻的东西贴在了皮肤上。两个带着柔软弹力的东西紧贴住了他的后背。

"救命！救命！有人要杀我！救命！"

原来是副驾驶席上的女人。她突然喊叫着从车里跑了出来。她浑身是血，紧紧抱住木内，大声哭喊着。

"已经没事了，你放心吧。"

她满脸恐惧地看着木内，渐渐露出了放松的神色。她浑身是血，木内抱住她的双肩，问道："攻击你的人是女性吗？还是男性？"

她没有回答，紧紧地闭着眼，瘫倒在木内的怀抱里。

眼看她已经晕倒，木内抱着她环顾四周。夜里的路上非常昏暗，周围除了绪方以外，一个人都没有。那个黑发女生也没有出现……

而那诡异视线的感觉，也不知何时突然消失了。

随后，救护车迅速赶到。所幸两个人都保住了性命，报警的女性和驾驶座上的男性被送到了医院。现场没有发现凶器。凶手很有可能携带凶器逃跑了，现场周围采取了紧急戒备措施。

第二天一早，报警的女性受害者恢复了意识，但是那名男性依然昏迷。她叫藤川奈绪，是一个二十二岁的白领，在品川区的一家IT公司工作。虽然她失血很多，但是性命无忧。驾驶席上的男性叫佐佐木圭史，今年三十四岁，是藤川所在公司的上司。

根据藤川奈绪的证词，她在大约三个月前搬到了离公司较近的案发现场附近的公寓中。那天因为加班到很晚，事发当时，上司佐佐木正在开车送她回家的路上。

行驶途中,突然有人窜出来,跑到了佐佐木驾驶的车前。虽然佐佐木踩了急刹车,没有酿成惨剧,但是那个男人却找碴儿说自己受伤了。那个人看上去应该是个流浪汉。佐佐木打算把车停在路边,跟他理论一番。就在他打开车门刚要出来的瞬间,那个男人取出一把刀,往佐佐木的喉咙和胸前刺了好几刀。

坐在副驾驶上的奈绪慌忙下车。那个男人很快追了上来,朝她刺了几刀。奈绪拼命反抗,那个男人抢走她的手提包后逃跑了。濒死的奈绪回到佐佐木的车内,从小包里取出手机报了警,在等待救助的过程中晕了过去。

警察根据藤川奈绪的证词,在现场周围进行了彻底搜查。在现场附近流浪汉的硬纸板屋子里,警方发现了奈绪的手提包,还有一把刃长十八厘米的登山用刀,上面沾着大量的血迹。住在这里的一位六十四岁的流浪汉德山欣二被警方拘留。德山对罪行表示否认,但他过去有盗窃罪和故意伤害罪的前科,事发几天前刚刚从拘留所放出来。警方以涉嫌故意伤害罪为名逮捕了他,并且解除了附近的紧急戒备。

木内刚跑出宿舍,雨突然下大了。

他跑到便利店,买了一把塑料雨伞。虽然天气不好,但也比大热天要好得多。木内走出便利店,在雨中沿着国道旁的路走了一阵。他走进岔路继续前进,来到了那条路上。

案件已经过去两天了,木内利用推迟了一天的歇班时间来到案发现场。在雨中,有几辆车加快速度从旁边驶过。与夜里不同,白天这边的车流量很大。

昨天,木内申请推迟了歇班时间,参与了案发现场的勘察。

勘察时，附近道路被封锁，车辆不得进入。警戒线外聚集了大量媒体记者和看热闹的人，一时喧哗非常。

从前天晚上开始，这次事件就被媒体当作歹徒当街杀人案进行了报道。到了今天，相关报道已经越来越少。可能是因为受害者并没有死亡，而且凶手已经被捕，新闻价值变小了。即便如此，在盖满防水布的案发现场周围，仍然有几位摄影师和记者的身影。还有电视台的摄影师，让工作人员打着伞，正在拍摄。

木内停在离现场有些距离的地方，环顾四周。那个黑发女生或许会出现。他有这种直觉。之前的火灾现场她也出现了。虽然不知道她与这次当街杀人事件是否有关，但她或许还会出现。木内因此来到了案发现场。

跟昨天不同，今天这里几乎没有看热闹的人了。过往的行人也很少，只是偶尔能看到撑伞的上班族和散步的老人。电视台的人已经结束拍摄，开始收器材了。

木内站在那里，眺望着案发现场。有几辆车激起水花，从防水布的旁边驶过。结果并没有找到她的身影。木内离开案发现场，决定在周围走一走。雨一点都没有要停的迹象，他撑着伞，沿着道路一直走。

他走进了住宅区，来到一处单向通行的路。这里是东海道的道路旧址。虽然现在经过铺修后，这里只是一条仅能容一辆车通过的普通道路，但在江户时代，这条路曾经是一条大街。据说现在的路宽也与当时大体相仿。木内在雨中沿着旧东海道向前走去。

加上之前的火灾，木内的辖区范围内接连发生了重大事件。在短短十天之内，就发生了两起见诸报端的大事，这在之前可是从未有过的。在岗亭工作多年的宇佐见巡查长如此感叹道。木内常常想要参与大事件的调查，这次出于偶然，参与了两个大事件的现场工作，虽然满足了愿望，但是他心里却不怎么痛快。

火灾事故的原因现在还在调查。因为有可能是人为纵火，所以警方最先怀疑的是当街杀人事件的嫌疑人德山。不过德山有不在场证明。火灾事故当天，他因为其他的案件被捕，当时正在拘留所。所以，火灾事故和当街杀人事件被当成了两个独立的案件进行调查。但是木内对此无论如何都不能认同。他总是觉得这两件事情一定有关联。

这两件事也并非没有共同点。把火灾事故和当街杀人事件联系起来的，就是那道"诡异的视线"。

无论是在火灾现场，还是在当街杀人事件的现场，木内都感觉自己一直被人盯着。他当然知道，对视线的这种主观感受，不能作为刑事案件的证据。但他觉得如果搞清了那道视线，或许案件就能真相大白。

不知何时起，雨变得越来越小。已经不怎么下了。木内停下脚步，收起雨伞。往前方看去，他发现自己来到了首都高速那巨大的分岔路口。他前面有一片区域，当中立着一座古老的石碑。

他来到了铃之森刑场遗迹附近。这个江户时代的刑场遗迹位于旧东海道和第一京滨路交叉口的三角地带。周围都是高速公路和现代化的公寓楼，这里仿佛已经被时代遗忘了。木内不自觉地朝刑场的方向走去。虽然在巡逻的时候他曾路过这里，但是并没有静下心来仔细看过。

他走进了雨后的铃之森刑场遗迹。这里的氛围与外面迥然不同。被木栅栏围起来的区域足足有一个小公园那么大，但石碑和遗迹被安置在一片非常狭窄的空间里。其中极为引人注目的是一座三米高的供养塔。黑色花岗岩材质的表面刻着"南无妙法莲华经"的字样。在供养塔的对面能看到京滨铁路的高架桥，列车驶过的场景令人不可思议。

木内继续往前走，来到了一处更加奇异的地方。在刑场的一个角落，地面上埋着一个陈旧的四角形石头台座。它中间开了一个正方形的孔，后面有一块板子，上面的说明文字提到，这个台座是断头台的遗迹。正方形的孔用来固定绑着罪人的方形柱子。被行刑的犯人会被绑在柱子上，用乱枪戳死。这个台座是当时刑场实际使用过的东西。

断头台的旁边是"火刑柱"的遗迹。这是一座圆柱形的台座，中间开了一个圆形的孔。圆孔用来固定铁柱，罪犯被绑在柱子上，然后实施火刑。这个遗迹似乎也被正式使用过。

木内在铃之森刑场遗迹中继续前进。根据遗迹的文字说明，刑场本身在明治四年就被废止了，旁边寺庙中的供养塔等遗迹被转移到这里。这片区域属于那座寺庙的土地范围。而之前刑场的实际面积比现在的遗迹更大。

雨虽然停了，但是天空中依然布满了乌云。刑场遗迹也散发出一种难以描述的气息。木内正要走进深处立着小墓碑和石碑的一片区域，却突然停下了脚步。

在沾满雨水的墓碑的阴影中，他看到了一个人。那是一个女人，正呆呆地站在那里。一开始木内还以为看到了幽灵，但仔细一看却不对。

是她。那个黑发女生……木内怕认错人，又靠近看了一下。没错，正是他在大森贝冢遇见的那个女生。

她正闭着眼，一动不动地站在那里。她前方是一口石质的水井——

水井虽然没有盖子，但是为了防止人们跌落，上面覆盖着金属防护网。后面的石柱上刻着"首洗井"的字样。"首洗"的意思大概指的是这口井是用来清洗被砍下的罪犯首级。黑发女子一动不动，站在水井前，仿佛是在祈祷着什么。

过了一会儿，女生睁开了眼。她的嘴唇微微动了起来，似乎是在自言自语说着什么。木内下定决心跟她搭话。

"您好。"

女生似乎吓了一跳，朝木内的方向看去。她的眼睛充血通红，嘴唇正在发抖。

"不好意思。"

木内正要继续说话，她却转身跑走了。

"等一下！"

木内追了上去。女生跑出了刑场遗迹的区域，来到了人行道上。木内很快追了上来，伸手拦住她的去路。

"不好意思，我一直在找您。我有话要跟您聊聊。"

"您找我有事吗？"

"前天晚上您都干了些什么？"

"您问这个做什么？"

"在这个铃之森刑场遗迹附近，发生了一起当街杀人案。最近各家媒体都在报道这件事，您肯定也知道。我接到报警电话后也去了现场。当时，我感受到了一道奇怪的视线。"

"视线？"

"是的，就像是被某个人一直盯着，非常奇怪。十天前的火灾现场，我也有过这种感觉。就是第二天我看到您的那场火灾。我就直说了。是您一直在盯着我吧？自从我第一次遇到您，就感受到了这道视线。"

"您到底在说什么呀？我先告辞了。"

她话音未落，就要离开。木内慌忙拉住她。

"请等一下。请您配合我，回答我的问题。自从我遇到您，这片街区就一直在发生怪事。请您说实话，您到底是谁？您在这里干什么？"

女人面无表情地看着木内，接着说道："看来这是一个巨大的误会。"

"怎么讲？"

"至少我并没有盯着你。也没有去过当街杀人事件的现场。火灾那天我也没有去那个现场。如果需要的话，我是有不在场证明的。"

"那您为什么火灾后的第二天出现在了现场呢？而且今天您也在当街杀人事件的现场附近。您的目的究竟是什么？"

她又陷入了沉思。木内等着她回答。过了一会儿，黑发女生开口了。

"我正在搜集与东京相关的事。"

"与东京相关的事？"

"是的。"

"什么意思？"

"因为……东京被诅咒了。"

"被诅咒了？"

"东京被封存在历史黑暗中的负能量与现实中的案件是有关系的。那起当街杀人事件，可能也是这样。我是来查这些事的……当然，您不信我也没有办法。"

她似乎做好了争论的准备，看向木内。看上去她是认真的。

"那您是说，这起当街杀人事件与这个铃之森刑场遗迹有关?"

"是的,您刚才的话让我更确信这一点了。"

"到底是什么意思?"

女生没有说话,往刑场遗迹的方向走去。木内紧紧跟在后面。她一边走着,一边说道:"这座铃之森刑场,是在江户幕府成立五十年左右时,在被称为江户入口的东海道沿线建造起来的。在人流量较大的街道旁边设置刑场,就是为了'以儆效尤'。幕府通过向大批民众展示'火刑'和'斩首',来彰显自己的权力。"

她再次走进了刑场遗迹中。

"据说在铃之森刑场被行刑的都是反对幕府的人,或者老百姓非常关注的罪犯。其中就有后来被改编成歌舞伎的八百屋阿七[①]。"

"八百屋阿七我知道。她在江户城里放火,被判处了火刑。"

"是的。"

木内跟在女生身后,在到处沾满雨水的刑场中前进着。走了一阵,她在"火刑柱"的台座前停了下来。

"这块石头其实就是给阿七执行火刑时火刑柱的基石。她被绑在铁柱上,全身都被火焰点燃。据说她的惨叫声响彻整个铃之森一带。火刑比斩首更残酷,也是最严重的刑罚。很多罪犯都是在铃之森刑场被处死。直到明治年间被关闭,铃之森刑场存在的二百二十年间,一共有十多万甚至二十万人在这里被处决。而且,据说其中有四成的人是被冤枉的。"

"被冤枉?"

[①] "八百屋"即蔬菜商店,阿七是蔬菜店主的女儿。

"是的。幕府为了维护权威，只要算得上案件的，就必须全部解决，不然没法给群众交代。如果犯人没有归案，就把案件中嫌疑最重的那个人作为罪犯处决掉。在铃之森一带有很多冤魂，他们因为各种'莫须有'的罪名而失去了生命。"

"铃之森刑场的情况我了解了，那当街杀人案跟铃之森刑场有什么关系呢？"

"诅咒是有连锁反应的。在这里发生的一件事情就是证明。在大正四年，铃之森刑场被关闭了大约半个世纪之后，在刑场遗迹的鬼子母神堂后面，发现了一具浑身是血的年轻女性的遗体。遗体的样子惨不忍睹，右眼和喉咙都被利刃割开，下半身也有被刀刺过的痕迹，阴部严重受伤。"

她用非常平淡的语气说着这些凄惨的事情。木内微微皱起了眉头。他虽然是个警察，但是听到这些事还是很不舒服。

"警方查明，死者是铃之森刑场遗迹内沙浴旅馆老板的女儿，叫阿春，当时二十六岁。"

"沙浴旅馆？"

"在明治以后，铃之森这一带被建成了料亭一条街。沙浴旅馆是当时流行的一种卖春场所。警方从遗体的情况判断，凶手的杀人动机是出于怨恨，于是逮捕了阿春的情人。那个男人起初坚决否认罪行，但随着调查的深入，他最终认罪伏法，交代是因为感情纠葛而行凶。警方本以为案件就此解决了……"

"还没有解决吗？"

"情人交代了之后，又出现了另一个凶手。"

"啊？凶手是两个人？"

"另一起抢劫杀人案的嫌疑犯供认说，阿春是他杀的。他曾经有六项前科。他闯进沙浴旅馆实施抢劫，随后杀害了阿春。他供认称,为了把杀人动机伪装成感情纠纷,他用刀具刺伤了受害者的阴部等部位。案件一时变得扑朔迷离起来。"

"那到底哪个是犯人?"

"阿春被害时,持有凶器的人是入室抢劫的那个男人,因此判定他才是真凶。起初调查阿春的那个情人时,警察强迫他招供,导致了屈打成招。也就是说,那个情人是被冤枉的。"

"凶手都做了伪装,为什么还要自首呢?他如果不说,也会有别人替他背罪。"

"那个人多次抢劫杀人,已经被判了死刑。他在证词中说,他知道铃之森事件的犯人被逮捕后,是要被判死刑的。如果他不自首,就会有一个无辜的人被判死刑。他虽然犯了无数的罪行,但是他有良心。"

"这些事听着真是可怕。这个铃之森刑场有那么多无辜的人被判刑,还有这种冤案。"

她缓缓看向四周,铃之森刑场遗迹被笼罩在一片乌云中。

"诅咒和怨念都全部联结在了一起。这片土地上残留的怨恨,死去的冤魂,女人的怨念,现在发生的各种事件,全都来源于以前发生的事情。前天的当街杀人案,应该也和铃之森刑场过去发生的种种事情有关联……我先告辞了。"

她微微点头致意,转过身要离开。肩上的黑色大托特包随着步伐摇摆。木内对着她的背影说道:"您等一下。"

她停下脚步,回过头来。

"您还有什么要说的?"

"最后还有一个问题……您到底是谁?"

"我叫原田璃璃子。杂志社的自由撰稿人。"

大井町

第二天是个万里无云的好天气。

阳光非常毒辣,晒得人浑身无力。木内一大早就来到岗亭工作。在当天中午过后,他和宇佐见巡逻回来时,岗亭里来了两位其他班的警察。现在还没到交班时间。正在跟两位警察交流的绪方向木内喊道:"我们现在回署里,赶紧准备。"

"现在就交班吗?"

"搜查科要跟我们再谈一次话。昨天晚上,受害人醒过来了,但他的证词跟先前很不一样。"

在品川区南大井发生的当街杀人案,案发四天后迎来了戏剧性的一幕。被害人公司职员佐佐木圭史恢复了意识,配合警方进行了案件情况记录,但他的话跟藤川奈绪的证词大为不同。

佐佐木圭史说,他们两人正在交往,事发当天,他准备住在奈绪家里。在带着她回家的路上,奈绪突然说要停车。把车停到路边后,她从包里拿出一把刀,表情疯狂地说着"我们一起死吧",然后开始用刀攻击佐佐木。因为事发突然,佐佐木没能躲开。奈绪用刀反复刺了佐佐木的胸部和喉咙后下车逃跑。佐佐木晕了过去,之后的事情就不记得了。

警察赶到了藤川奈绪住院的病房问话。奈绪一开始否认罪行，但警察告诉她佐佐木恢复了意识并提供了证词，她最终还是招供了。

三个月前，奈绪想结束与佐佐木的关系。但是佐佐木坚决不同意，想倚仗自己上级的地位，把关系延续下去。她被逼得走投无路，为了寻求解脱，她只能选择杀掉佐佐木，于是在市里的商店买了登山用的刀具，寻找动手的机会。

案发当天，奈绪用刀刺伤了佐佐木后下车，然后想到了假扮成被人攻击的样子。她用刀划伤了自己的肩膀，把凶器和自己的提包扔到了附近流浪汉住的硬纸板屋子里。然后她返回车子，把驾驶座的门打开，坐回副驾驶位，最后报警称遇到了当街杀人的歹徒。

她本以为完美地掩饰了罪行，殊不知佐佐木最后活了下来。她刺了那么多刀，按理说应该已经让他断气了，但她万万没想到佐佐木竟然没死。

藤川奈绪因为故意伤害罪被逮捕。但是，从她事先就买好了刀等事实来看，她的犯罪是有预谋的，因此警方搜查时，也在考虑按杀人未遂罪来立案。

根据奈绪招供的内容，此前被逮捕的流浪汉德山欣二被证明无罪，所以他被立即释放了。这样，被误当作凶手的德山，冤情最终得以昭雪。

电车响起了发车声。

车门关闭，京滨东北线的银色电车驶出了站台。木内出站后，与通勤的上班族挤到了一起。现在还不到早上七点，还没到早高峰时间，但大井町站的闸机前已经有很多人了。木内穿过人群，往站内的咖啡店走去。

大井町站是JR京滨东北线、临海线、东急大井町线交会的换乘站。以车站主楼为中心，周围都是大型超市和电器用品商店等。可以说，就算在品川区内，这里也是客流量最大的车站了。

木内来到了主楼二层的咖啡店。这里白天有时会座无虚席，但早上店里还是挺空的。他在前台点了冰咖啡，找了一处二人的座位坐下来。

过了大约十分钟，她肩上背着一只黑色的大托特包走了进来。她是原田璃璃子，就是那个黑发女生。今天她把头发扎了起来。

"不好意思，让您久等了。"

"不不，我也是刚到。应该是我不好意思，突然把您约出来。啊，我去买饮料，您喝点什么？"

木内往前台走去，帮璃璃子点咖啡。

这是当街杀人案的真凶被捕后，木内的第一个休息日。木内利用休息日约了璃璃子出来，想向她道个歉。在铃之森刑场遗迹的时候，木内问到了她的联系方式。因为她说早上有时间，所以两人约在了这家咖啡店见面。

木内买了咖啡回到座位，立即鞠躬道歉。

"真对不起。我竟然怀疑您是凶手。"

"没关系，我并不介意。"

"谢谢……不过我真是吓了一跳。当时在铃之森刑场遗迹听您介绍的时候，我还半信半疑，结果竟然跟您说的一样，当街杀人案果然是另有冤情。"

听到这里，璃璃子噘了噘嘴。她的表情有些不满，这令人意外的反应让木内颇为不解。她说："大概的情况我在新闻上看到了。您又查到别的什么事了吗?比如她的其他罪证。"

"其他罪证?"

木内闭上了嘴。她思考了一下,接着说道:"她有不在场证明吗?火灾的那天。"

"您怎么知道。藤川……"

木内说到这里停了下来。他看了看四周,凑过去低声说道:"藤川奈绪因为涉嫌纵火正在接受调查。"

"果然如此。您放心,我会保密的。我不会告诉任何人。"

璃璃子说完,似乎有些心满意足地拿起塑料杯,喝了一口咖啡。木内把嗓门压低,继续说道:"藤川还没有承认纵火的罪行。另外,如果她真是纵火犯,动机也尚不明确。发生火灾的那家人跟她似乎并没有什么关联。"

璃璃子似乎在思考着什么,又喝了一口咖啡。

"动机应该还是有的。"

"诶?"

"我觉得您好像误会了我说的话。"

"什么话?"

"我当时说,当街杀人案与铃之森刑场发生过的种种事情是有关联的。"

"对,所以我很吃惊。就像您所说,当街杀人事件也跟阿春事件一样,其中都有冤情。所以,它们才跟铃之森刑场的事情有关联。"

"您果然还是不明白,我强调的是'种种事情'。"

"种种?"

"就是说,这种联系不止一个。"

"不好意思,您能说得简单一点吗?"

她一言不发,把白色塑料杯放回桌上,直直地盯着木内说道:"首先,火灾和当街杀人案看上去没有关系,实际上是有关联的。她之所以刺伤佐佐木,是因为她纵火导致那栋房子里死了人,使她精神出现了错乱。她应该没有想到,这竟然会变成一场大火灾,甚至还烧死了人。她纵火完全是出于一时的冲动。"

"但她为什么会对陌生人的家纵火呢?"

璃璃子一动不动地盯着木内。

"您还不明白吗?"

木内想了一下,但完全没有答案。

"……不好意思,我完全想不通。"

"好吧……那我们换个问题。您觉得火灾事故和当街杀人案的共同点是什么?"

"共同点?嗯……两起案件的嫌疑人都是藤川奈绪。"

"除此之外还有什么?"

"还有吗……嗯……对了,事发的地点是同一个地方。"

"是的,此外还有一个共同点。"

"还有一个?"

"您知道吗?"

"不知道。"

木内又仔细想了一遍,确实想不到什么了。

"那我再换一个问题。藤川奈绪搬家到发生火灾事故和当街杀人案的南大井,是在什么时候?"

"应该是三个月前。"

"那么,她跟佐佐木提出分手,是在什么时候?"

"也是……三个月前?"

听到这里,璃璃子用力往前探了探身子。

"是的。三个月前,她在搬家的同一时间,想与佐佐木断绝关系。我是这么想的,三个月前,她遇到了比佐佐木更令她心动的人,所以想跟佐佐木分手。搬家也与此有很大的关系。三个月前,她跟某个男人相遇了。"

"原来如此。"

"那我们回到刚才的问题。火灾事故和当街杀人案的共同点,您明白了吗?"

"不明白。"

"提示您一下。这两起案件中,最先接到报警电话,并且赶到现场的警察是谁?"

"啊?"

"火灾事故和当街杀人案,首先赶到现场的是同一个警察。"

听到这里,木内仿佛感到全身的皮肤在一瞬间失去了血色。

"我认为这就是答案。"

"什么答案?"

"藤川奈绪是一心想见那个警察,所以才制造了那么多事件。"

木内不由得屏住了呼吸。这种推论他从来不曾考虑过,这也太荒唐了。

"您说的是我吗?"

璃璃子微微点了点头。

"您等一下,我跟藤川奈绪根本就不认识啊。"

"就是因为您不认识她。她只要制造点事情,就有可能会见到您。她应该是这么想的。"

木内一时语塞。也就是说,藤川奈绪在三个月前,曾经在哪里见过他,然后就坠入了爱河。她搬到木内工作的岗亭附近,也是这个原因……

"看来您还是没法相信。那么,您是从什么时候开始,感受到了诡异的视线呢?"

听到这里,木内不由得"啊"了一声。

"……大概三个月前。"

木内感到背后有阵阵寒意。

这么想来,他连续接到一一〇报假警的骚扰电话,也是从大概三个月前开始的。可能是奈绪像跟踪狂一样一直纠缠着木内,并且掌握了他在岗亭的上班时间。然后,她专门赶在木内上班的时间报警。

视线的来源原来是藤川奈绪……

这样一来,所有的线索就都连上了。

木内在岗亭上班的时候,是她一直在暗中盯着他。发生火灾的时候也是……回想起来,火灾现场有几位年轻女性,其中可能就有藤川奈绪。

所以,她犯的罪行都是临时起意,并没有经过什么计划。纵火也是因为觉得木内可能会来现场,完全是一种儿戏的心理。但是纵火的后果远远超出了她的想象,甚至烧死了人。她意识到了问题的严重性,开始在精神上备受折磨……

"或许她已经不知道如何是好了。她可能甚至考虑过自杀。但是在临死之前,她想再见你一面,想让你抱抱她。所以她才对佐佐木下了毒手。"

处于精神错乱状态的奈绪,想要杀掉佐佐木以清除障碍。佐佐木一直不同意分手,如果让他从这个世界上消失,她就可以与木内发展关系了。虽然这种想法并不正常,但是对她来说,这无疑是一个一举两得的好办法。木内赶到事发现场后,藤川奈绪紧紧地抱着木内。现在想来，她并不是要假装成被吓坏的受害者，而是另有用意。她终于被自己深爱的人抱住，一时精神恍惚了……"

"我在大森贝冢跟您说话的时候，发出惨叫声的应该也是她。她看到您跟其他不认识的女人说话，肯定心里嫉妒坏了。或许，当时我的处境也非常危险。"

木内不由得愣住了。璃璃子的推论全都合情合理。她说的这些，跟最近自己身边发生的种种怪事惊人地相符。

"在铃之森被判处火刑的八百屋的阿七，您知道吧？"

"知道。"

"她究竟为什么要在江户城里放火？因为此前她家被大火烧毁后，她在避难的寺庙里遇到了一个叫庄之介的青年。在离开寺庙之后，阿七一直忘不了庄之介。于是她就想，如果家里再遇到火灾，就又可以去他所在的寺庙居住了。于是她就放了火。她犯下纵火的罪行，也是因为一心想要见自己爱慕的人……"

"是吗……您所说的案件与铃之森刑场的种种关联，原来指的是八百屋的阿七。"

"是的。藤川奈绪被铃之森一带漂浮着的那些恐怖的负面力量控制了，才犯了这些罪。她身上应该有大量的亡灵附体，比如那些含冤而死的人，因为被爱情冲昏头脑而被地狱之火烧死的阿七的怨念……"

这个女人为了爱情，竟然不惜犯罪。如果被害人佐佐木没能保住性命，藤川奈绪就不会被捕，就有机会继续接近木内。如果那样的话，结局又会是怎样的呢？

"我不是说过了吗，现在现实中发生的案件背后，全都有封存在历史深处的诅咒和怨念存在。"

"您果然不仅仅是一个自由撰稿人。您为什么对这些事这么了解？您这么年轻，却对东京的历史和过去的事件如此精通。"

"不，我懂的并不多。"

"怎么讲？"

"我都是现学现卖。我身边有一个人特别精通这些，他教给了我很多。"

"是这样啊……我最后还是没能弄清您的情况。璃璃子小姐，您跟我说过，您正在调查东京的事情，但我总觉得您的目的绝非这么简单。现在可以告诉我真相了吗？您为什么总是出现在东京的历史遗迹、死亡事故和案件现场呢？"

听到这里，璃璃子默不作声了。她把杯中的咖啡一饮而尽，随后盯着木内说："您想知道吗？"

"当然。"

"您还记得第一次见到我是在哪里吗？"

木内想了一会儿，搜索着自己的记忆。

"应该是在×丁目的一栋老公寓楼前面，您当时一动不动地站在那里。"

"您说过那栋公寓楼里发生过死亡事故。"

"对，是在我被分配到岗亭工作之前。一个三十多岁的男人在自己家里去世了，几天后才被发现。"

"我就是在调查这起死亡事故。那个男人为什么死了？在他死的那天，公寓发生了什么？我在寻找事情的真相。"

"不过那个男人不是被人杀死的。尸检的结果显示，死因是心肌梗塞，死者没有任何外伤，因此排除了他杀的可能。"

"不，他是被人杀死的。"

"啊？"

"是被人杀死的,就在东京。"

"什么意思?"

"他不小心解开了封印。这个封印据说隐藏在东京的某个地方,是绝对不能触碰的。"

"那么,那个男人是因为解开了封印才死的?"

"是的。他研究了被隐藏在东京历史黑暗中的某种现象。但我并不知道他在东京的哪些地方研究了哪些事情。他去世后,他房间里的研究数据和资料全都不翼而飞了。"

说到这里,她的眼神有些飘忽不定。

"他去世的那天,那栋公寓里到底有什么?我仔细思考过了。他真的是病死的吗?还是因为触碰了禁忌而被咒杀的?再或者,是被什么人用什么方法杀害了?为了查明他去世的真相,我在品川区一带进行了调查。他的灵魂还没有升天,一直徘徊在我周围。为了让他瞑目,我必须找到诅咒的根源,所以我去了很多历史遗迹和火灾现场等发生过死亡事故的地方。"

"原来如此……那您找到了吗?夺走那个男人生命的诅咒来自哪里?"

"没有,很遗憾在品川区没能找到。但是它肯定在东京的某个地方,我必须继续找下去。"

"那个男人跟您是什么关系?难道是……您的男朋友?"

"不,完全不是。他是我的学长。"

璃璃子走出咖啡店,与木内道别。

她走出车站大楼,往京滨东北线的闸机走去。这时早高峰已经开始,大井町站内变得拥挤不堪。璃璃子一边在人群中前进,一边思考着。

木内确实是个年轻又有魅力的男孩子。藤川奈绪对他一见钟情,也并非不可理解。但是说实话,他不是璃璃子喜欢的类型。璃璃子答应木内见面,是因为她觉得跟警察建立联系对她来说并非坏事。而且他还是在学长去世的公寓所在地区的岗亭工作。通过他或许能获得很多信息。

不过,品川区的调查已经结束了。她需要开始对别的区展开调查。

璃璃子通过闸机,走到京滨东北线的站台上。进京方向的电车正好进站。她挤进车厢,离开了大井町站。车内非常拥挤。她一边随着电车的颠簸而摇晃,一边思考着学长的事情。

他到底是在东京的哪里触碰了禁忌呢?学长的研究似乎是与"东京的阴暗面"相关的民俗学研究。但在某一天,他的研究被大学叫停了。学长辞去了讲师的职位,开始独自开展调查。然而,他并没有意识到,自己解开了禁忌的封印,因此付出了生命的代价。

电车到达了有乐町站。璃璃子出站后走了一会儿,来到了日比谷站。她走进都营地下铁的三田线,下到了站台。

过了一会儿,地铁进站了。车门打开,璃璃子进到车内。可能因为是出京方向的车,车厢内不像刚才的京滨东北线那么拥挤。车门随着车内的播报声关闭,列车开始前进。璃璃子走到车厢的中部,抓住了吊环。

学长在璃璃子面前显灵,是在他去世不久后开始的。他没有任何征兆地出现,滔滔不绝地讲一段他熟悉的知识,然后就消失了。关于他死亡的经过和正在进行的研究,按理说本可以直接问他,但实际上却做不到。因为,学长并不知道自己已经去世了。

璃璃子曾经暗示他，但他却坚决不承认。因为学长并不相信有幽灵存在。所以，这件事情不太好办。

璃璃子希望学长能够瞑目。所以，她才这样遍访有传说流传的地方。

刺眼的阳光照进了车里。

一直在地下飞驰的电车上到了地面，在高架桥上行驶着。地面上的风景映入眼帘。璃璃子握着吊环，看着窗外的景色。这里是板桥区的北部，是都心郊外一片寻常的住宅区。

电车停靠在了高岛平站。

璃璃子出了车站，走上南侧的天桥，映入眼帘的是一片房屋鳞次栉比、面积巨大的居民社区。

她身后跟上来一位高个子男性，开口说道："这里是高岛平区，居民总共超过一万户，是以人多而出名的特大居民区。"

他皱着眉头，露出一副严肃的表情。他是璃璃子的学长。

"因为日本住宅不足的社会问题越发严重，在昭和四十七年，开始有人入住这个区。这里离东京都中心比较近，于是市民们蜂拥而至。"

学长的名字叫岛野仁，曾是某所私立大学的民俗学讲师。

参考文献

《故乡沦为贫民窟》(小板桥二郎著),筑摩文库
《东京的下层社会》(纪田顺一郎著),筑摩学艺文库
《日本的特殊地区③东京都板桥区》(荒井祯雄 山木阳介著),Micro Magazine 社
《"春天的小河"为何消失——由涩谷川看城市河流的历史》(田原光泰著),Field Study 文库
《漫步涩谷川入门》(梶山公子著),中央公论事业出版
《江东昭和史》,东京都江东区政策经营部宣传科宣传股
《漫步江东文化遗产地图》,江东区地域振兴部文化观光科文化遗产股
《日本的特殊地区⑧东京都江东区》(冈岛慎二 渡月祐哉编),Micro Magazine 社
《学问散步 大森贝冢与莫斯(1)品川·大森》(水谷仁著),Newton 2007 年 6 月号
《东京都历史遗迹 铃之森刑场遗迹》,铃森山大经寺
《被封印的东京之谜》(小川裕夫著),彩图社
《东京灵异地点》(内藤孝宏著),WAVE 出版
《跟着古地图 古今东京漫步指南》(荻窪圭著),玄光社

解说

与世界上的众多大都市一样，日本的首都兼最大的城市——东京，其历史也是由一系列的推翻与重建构成的。江户过去只是一座地方城市，经过德川家康的大改造，再经过明历大火[①]和此后的事业重建、上野战争、明治维新，江户逐渐蜕变为东京。关东大地震之后的帝都振兴、东京大空袭和战后复兴、为迎接一九六四年东京奥运会而进行的大开发……以这些事情为节点，东京如同不死鸟一般经历了重生。而与此同时，这也是一个古老的历史遗产被新的历史所覆盖而逐渐消失的过程。

然而，土地的记忆虽然容易流散，但同时又意外地具备很强的生命力。就东京来说，二十三区都流传着很多以过去的故事为题材的民间传说，它们往往都采用鬼怪故事的形式。而所谓鬼怪故事，其目的就是巧妙地避开某些禁忌，将真相流传给后人。

如果您对东京的这些故事感兴趣，那笔者一定要给您推荐这本长江俊和的短篇小说集《东京二十三区女子》（二〇一六年九月，幻冬社全新发行）。文如其名，这部短篇恐怖小说集中的故事根据东京各区的历史和传说而写成，构思独特，耐人寻味。作者曾负责新式"伪纪录片"的著名代表作《放送禁止》系列（二

[①]明历大火发生于公元一六五七年三月二日，"明历"为日本后西天皇在位时的年号。

○○三年）的策划、剧本、演出，还创作了畅销书《出版禁止》（二〇一四年），以及《刊登禁止》（二〇一五年）,《出版禁止：死刑囚犯之歌》（二〇一八年）等一系列的近纪实文学体裁的推理小说。

本书的五个故事中有一位共同的出场人物——自由撰稿人原田璃璃子。她以向杂志社提供关于东京二十三区的纪实文学策划为名，实则带着其他目的走遍了东京的各个区域。还有一位人物虽然未受她邀请却一直全程跟随，他就是私立大学的前民俗学讲师，璃璃子的学长岛野仁。与具有超强灵异感知能力的璃璃子不同，岛野坚决否认这些超常现象的真实性。但他关于东京历史的知识积淀非常丰富，这对璃璃子很有帮助。本书的内容也是以这对人物组合作为暗中线索来推进的。

如同历史巨浪中周而复始不断涌现的泡沫一般，无数人生与死的循环往复，使东京成了本地鬼怪故事的宝库。提到遍寻东京各地的灵异现场来创作纪实文学或鬼怪故事的尝试，笔者能想到荒俣宏的《异都发掘"新东京物语"》（一九八七年）、小池壮彦的《东京近郊奇异场所》（一九九六年）、内藤孝宏《东京灵异场所》（一九九六年）、加门七海的《江户·东京阴阳百景》（二〇〇三年，文库版改名为《神佛传说之三江户东京阴阳百景》）等作品，最近还有吉田悠轨的《怪谈现场东京二十三区》（二〇一六年）等优秀作品问世。此外还有一本书虽然不以鬼怪故事为主题，但也同样不得不提，那就是建筑史学家铃木博之的《东京的 Genius Loci（场所精神）》（一九九〇年）。

《东京二十三区女子》的独特之处在于，它兼顾了纪实文学体裁所具备的详尽的实地考察和虚构部分鬼怪故事的趣味性。不仅如此，时态的妙用等推理小说常见的手法也随处可见，这也是该书的一大特色。

第一篇小说《板桥区之女》，开篇介绍了过去接连发生自杀事件的高岛平区的相关情况，并且早早指出，这里并非女主角璃璃子想要寻找的地方。她和岛野仁接下来去的地方是"断缘树"，这里直到现在还挂着无数求"断缘"的绘马。另一方面，这个故事中还有薰这个女性角色登场。她在五岁时目睹了一幕恐怖的场景，成年后与一位医生结婚，之后发现丈夫有些形迹可疑。

故事中璃璃子和岛野的部分与薰的部分设置为平行关系，之后作者交代的是与板桥区的负面历史相关的一起悲剧。板桥区曾作为江户的出入口实现了繁荣发展，却在明治维新后沦为贫民窟，在昭和初期发生了大批恐怖的杀人事件。当地的这些传说超越了时空，影响到后世的世界，并且引发了案件……这种构思贯穿全书，成了一种格式。薰的丈夫在绘马上所写的文字，虽然内容简单，却成了一个暗号，这种设计非常贴合长江俊和作为《出版禁止》一书作者的风格（给未能明白的读者一个提醒，最后一行的最后三个平假名"かなし"是解读的关键）。

在《涩谷区之女》中，璃璃子似乎被什么人引导着在涩谷区内漫步。她自己起初没意识到，但经过岛野介绍，这条路线是过去涩谷的河流变成地下暗河后流经的轨迹。另一方面，十年前母亲下落不明的工藤肇收到了一封神秘邮件，声称"你的母亲想见你"。肇被吸引前往，踏进了地下暗渠……满街繁华、热闹非凡的涩谷，和因为一九六四年东京奥运会而被埋葬的另一个涩谷。现在和过去，地上和地下，明与暗的鲜明对比，交织成一个怪异的故事。

以上两篇的结构，都是事件相关者的部分与璃璃子和岛野的部分平行展开，而《港区之女》在接近结尾的部分，璃璃子和岛野才登场，此前全篇主要讲的是住在六本木之丘的IT公司社长乾航平的奇异经历。他从公司打车回家，司机告诉他，他在上车时身后有一位女性和一个小孩。而且，司机一直在讲恐怖的鬼故事，出租车始终没有接近目的地的迹象……

因为该篇中岛野相关的内容较少，司机承担了讲述港区相关故事的角色，他闪烁其词的讲话内容营造出了恐怖的氛围。作者别具匠心地营造了出租车鬼故事的风格，最后又使用了一个技巧，令读者读来后背发冷，同时回味无穷。

在《江东区之女》中，璃璃子突然收到一个名叫益子由菜的女高中生邀请，向她咨询关于一张灵异照片的事情。照片上的人物是幼年时期的由菜和她的母亲，上面还映着一个女人的头颅。璃璃子和岛野为了找到这张照片拍摄所在地的公园，走访了很多地方。

从江户时代开始，江东区就因为填海造陆不断扩大面积，该区三分之二的土地是在明治时代之后填海造陆形成的。昭和年间的经济高速增长期，大量的垃圾被投放在这里，使得江东区与其他区之间就垃圾问题产生了纠纷——现在的东京居民正在逐渐淡忘这些历史。这篇小说聚焦了昭和时期东京发展的背后被隐藏起来的最大的阴暗面，也是本书中最为诡异和凄惨的故事。

最后一篇小说《品川区之女》，主人公是在岗亭工作的巡逻员木内修平。他在工作中突然感到有人在注视他。另外，他在多起死亡事故的现场连续看到一名女性。一天，木内在火灾现场又看到了她，跟踪她来到大森贝冢，并决定向她一问究竟……

这个故事除了大森贝冢，还提到了在江户时代处决了多位犯人的铃之森刑场遗迹。闲谈一句，二十世纪九十年代初期笔者还是大学生时，曾与社团的朋友们一起，遍访东京各地的灵异地点。当时，同行者中有两个人为了搞笑，在铃之森刑场遗迹的"首洗井"旁做出了洗头的动作。不久之后，这两个人就说他们头痛，而其他人并无异常……虽然这可能仅仅是个偶然，但当时我们也意识到，绝对不能小看这些灵异地点。而《品川区之女》的视点人物是一个警察，作者给这一点赋予了很大的必然性，使其成为一篇优秀的推理作品。在推理的世界中，作家在对具有特殊动机的那类犯罪进行说明时，有时会拿历史上真实存在的人物×××来举例，而《品川区之女》通过讲述犯罪动机与真实存在的×××的关系来进行说明，并且把舞台放在了品川区，使之能够自圆其说……由此，作者成功运用了一种本地鬼怪故事推理特有的、前所未闻的创作方法。这篇作品大概会让推理迷们赞叹不已。

另外，尽管贯穿本书的秘密在《品川区之女》中真相大白，但该书依然留下了很多谜团，而且虽然书名叫《东京二十三区女子》，但本书中只涉及了五个区。其实，作者在《检索禁止》（二〇一七年）一书中讲述了世界上的种种禁忌，以及他本人此前创作的影像及小说。其中，关于本书他提道，"我还有十八个区的故事没有讲。《东京二十三区女子》才刚刚开始。我还将走访这十八个区，再写十八个故事"。在东京，流传着重量级鬼怪故事传说的区还有很多，例如拥有"妖怪博士"井上円了所修建的哲学堂公园的中野区，拥有试刀杀人牺牲者的纪念碑四面塔和在巢鸭监狱遗迹上建起来的阳光六十大厦等知名灵异地点的丰岛区，拥有东京都内最强的著名灵异地点——平将门的首冢的千代田区等，相关的素材用之不竭。

恰好，继一九六四年之后，东京将于二〇二〇年第二次承办奥运会。在为了筹办盛会而进行城市改造开发的过程中，旧东京将再次被新东京所取代。而越是如此，那些被封印的历史，反而越能以鬼怪故事的形式迎来春天。在这样的时代，本书的续篇将更加值得期待。

——推理评论家 千街晶之

TOKYO NIJUSANKU ONNA by Toshikazu Nagae
Copyright ©TOSHIKAZU NAGAE, GENTOSHA 2016
Original Japanese edition published by Gentosha Inc.
Simplified Chinese edition copyright © 2020 New Star Press Co., Ltd. Published by arrangement with Gentosha Inc. through East West Culture & Media Co., Ltd., Tokyo.
All rights reserved.
著作权合同登记号：01-2020-1093

图书在版编目（CIP）数据

东京二十三区女子 ／（日）长江俊和著；赵维真译. －－ 北京：新星出版社，2020.4
ISBN 978-7-5133-3980-3

Ⅰ.①东… Ⅱ.①长… ②赵… Ⅲ.①推理小说-日本-现代 Ⅳ.① I313.45

中国版本图书馆 CIP 数据核字（2020）第 038560 号

午夜文库
谢刚 主持

东京二十三区女子

[日] 长江俊和 著；赵维真 译

责任编辑：王　萌
特约编辑：郑　雁
责任校对：刘　义
责任印制：李珊珊
封面绘制：Rui
装帧设计：冷暖儿

出版发行：新星出版社
出　版　人：马汝军
社　　　址：北京市西城区车公庄大街丙3号楼　　100044
网　　　址：www.newstarpress.com
电　　　话：010-88310888
传　　　真：010-65270449
法律顾问：北京市岳成律师事务所

读者服务：010-88310811　　service@newstarpress.com
邮购地址：北京市西城区车公庄大街丙3号楼　　100044

印　　刷：北京美图印务有限公司
开　　本：910mm×1230mm　　1/32
印　　张：8.625
字　　数：129千字
版　　次：2020年4月第一版　2020年4月第一次印刷
书　　号：ISBN 978-7-5133-3980-3
定　　价：48.00元

版权专有，侵权必究。如有质量问题，请与印刷厂联系调换。